R. Daniel Roth
Der Große Wagen

AF239791

R. Daniel Roth

Der Große Wagen

Roman

Bibliografische Information der Deutschen Nationalbibliothek: Die Deutsche Nationalbibliothek verzeichnet
diese Publikation in der Deutschen Nationalbibliografie;
detaillierte bibliografische Daten sind im Internet über
http://dnb.dnb.de abrufbar.

2. korrigierte und überarbeitete Auflage

Umschlaggestaltung, Herstellung und Verlag:
BoD - Books on Demand, Norderstedt
Cover: Kim B. Geerling-Roth

ISBN: 9783757824815

„Für dich und nur nicht kenntlich fast,
doch eine Spur von allem möchte ich dir geben,
Leben, doch nicht die Linie,
sondern rechts und links davon
die beiden Seiten."

Kim an meiner Seite
(1978, Casanuova/Siena)

Die einzige Möglichkeit irgendwo anzukommen ist, dass man sich erst überlegt, wo man hinwill, bevor man losgeht

John Updike

Prolog

Ich sei ein unausstehlicher Mensch. Sagt Teresa.

Ich setze alles durch, was ich wolle. Kümmere mich nur um meine eigenen Bedürfnisse. Ignoriere die ihren. Und die der anderen.

Dabei ist es genau andersherum. Sie ist es, die alles durchsetzt. Und ich muss mich davor schützen, nicht zum Ball in ihrem Spiel zu werden.

„Welches Spiel?" fragt Teresa.

„Dein Spiel eben," sage ich.

„Und wie ist es mit den anderen?" fragt Teresa.

„Welche anderen?"

Dann fängt sie wieder mit der Ursuppe an.

„Kaum erwachen wir aus der Ursuppe," sagt sie, „fangen unsere Probleme an." Und sie sagt es in einem Tonfall, als wolle sie mir auf die Sprünge helfen, etwas zu verstehen, was sie längst durchschaut hat. Ich aber wohl noch nicht.

Ich beobachte, wie die Worte durch ihre Lippen rutschen.

„Wir schauen über den Tellerrand," sagt sie, „und was stellen wir fest?"

Ich schaue sie an.

„Du sollst nicht *mich* anschauen! Dort! Draußen! Was siehst du?"

Ich wende mich kurz von ihr ab.

„Na was schon?" sagt sie, „dass alles schon da ist."

Alles? Denke ich. Was meint sie mit ‚alles'? Und schaue sie wieder an.

„Alles eben," sagt sie, „Straßen. Gehwege. Häuser. Brücken. Fahrräder. Motorräder. Autos. Schiffe. Flugzeuge und Kinderwägen. Verstehst du?"

Ich frage mich, worauf sie hinauswill.

„Skateboards und Roller. Häfen. Bahnhöfe. Kirchen. Tempel und Moscheen."

Sie fixiert mich mit einem herausfordernden Blick.

„Und inzwischen auch wir," sagt sie, „in unserer Nichtigkeit."

Ich habe keinen blassen Schimmer, was sie mir mit ihrer Aufzählung sagen will. Wo sind die erwähnten Probleme?

Einstweilen erfreue ich mich ihrer Mundbewegungen.

Vor allem beim A, wenn sich ihre Lippen öffnen. Oder beim U und Ü. Wenn sie ihre Ober- und Unterlippe nach außen stülpt. Ihren Mund kreisrund formt. Und mir den dunklen Vokal gleichsam entgegen küsst.

Und prompt sagt sie: „Uuuuursuuuppe. Schuulen. Uuuniversitäten und Fluuugplätze. Rollschuuhe. Suuupermärkte. Tuunnels. Büüüühnen und Lüüüüfte."

Dabei wendet sie ihren Blick nach innen.

Was sie dort sieht, weiß ich nicht. Vielleicht das, was mir, ihrer Ansicht nach, entgangen ist? Und was sie mir nun mit ihrer Aufzählung zu verklickern versucht?

Ich lege mein Kinn auf dem Tellerrand ab. Schaue mich um.

Ja, stimmt schon. Es ist alles da, was sie aufzählt.

„Verstehst du? Wir sind hier überflüssig," sagt sie.

Ja. Vielleicht sogar unerwünscht, denke ich. Und, da hat sie schon recht, es gibt kaum noch Platz, sich dazwischen zu zwängen. Und, denke ich, vielleicht steht der Teller, über dessen Rand wir schauen, in einem weiteren noch größeren Teller. Jenseits dessen sich noch viel mehr befindet. Was wir von unserem Tellerrand aus gar nicht sehen. Uns nicht einmal vorzustellen vermögen. Und wäre es nicht möglich, sinniere ich weiter, dass auch dieser Teller in einem anderen, noch größeren ruht? Wir uns lediglich von Teller zu Teller vorarbeiten? Nie wirklich zu sehen bekommen, was außerhalb all dieser Teller ist? Vorausgesetzt wir schafften es, diesen Teller überhaupt zu verlassen, über dessen Rand wir gerade schauen. Und falls es denn überhaupt ein ‚außerhalb' gibt.

„Friedhööfe und Rechnungshööfe," sagt Teresa jetzt, „die Böörse, allerlei Löcher und Hööhlen. Die Öölkrise und die Mindestlööhne."

Auch ihr Ö liebe ich. Wenn sie ihren Mund wie ein Eichhörnchen spitzt. Und sich ihre Lippen, fast blutleer, über die obere Zahnreihe wölben.

Aber jetzt sagt sie: „Droogerien Strooom. Telefoon. Ooopernhäuser. Kinoos. Und das Roote Kreuz."

Und diese O's haben etwas Verschlingendes. Wie Schwarze Löcher im Universum. Die alles um sich herum in sich hineinsaugen. Und komprimieren. Besonders, wenn sie Worte ausspricht, in denen zwei O's vorkommen. Wohnblock, Vorhof, Hoftor. Zum Beispiel. Oder gar zwei O's hintereinander. Wie Moor. Moos. Zoo…

Unerträglich, der Sog, der von den aufeinander folgenden O's ausgeht. Ich muss mich am Tellerrand festklammern. Um nicht von ihnen eingeschlürft zu werden.

Stopp! Stopp! Stopp! Es reicht. Denke ich. Sage es aber nicht. Und Teresa zählt weiter auf.

„Staadtspaarkaasse", Kraaankenhäuser, Gaasleitungen, Waaaschstraaaßen, Kaasernen, Faaabriken, Raaadios. Und das Staaandesaaamt."

Und jetzt finde ich auch ihre A's bedrohlich. Sie husten wieder heraus, was ihre O's eingesogen haben. Verdichtet. Angriffslustig. Frontal auf mich zu.

Um ihre O's und A's nicht mehr sehen zu müssen, schaue ich zur Seite.

Wie lächerlich, denke ich. Als sei etwas nicht da, wenn ich die Augen davor verschließe! Zumal ich es weiter deutlich höre.

Teresa atmet tief ein. Überrascht mich mit einem weiteren Vokal. Stößt mit erhobener Stimme „Geburtshilfe, Sterbeurkunden und Fußballstadien" hervor. Ohne die Vokale in die Länge zu ziehen.

11

Sie sagt „Glücksspiele, Arbeiter und Arbeitgeber, Sterbehilfe, Anwälte, Gerichtsvollzieher und Richter, Terroristen, anerkannte und nicht anerkannte Staatsgrenzen".

Und schöpft nochmal Atem.

Mit erhobener Stimme scheint sie mehr Luft zu benötigen. Anders als bei Blasinstrumenten, denke ich, die in den tieferen Tonlagen mehr Luft erfordern.

„Steuerfahnder, -berater und -hinterzieher," sagt sie triumphierend, während ich mit der rechten Schuhspitze der Aufzählung ihrer Begriffe hinterherklopfe.

„Das Internet und der Klimawandel. Ein- und Auswanderer. Fundamentalisten, Gläubige. Atheisten. Fanatiker. Häretiker. Sektierer. Und die Globalisierung," skandiert sie mit schriller Stimme in mein Klopfen hinein. Versucht meinen Blick einzufangen. Fügt dann hinzu:

„All das, was sich in Jahrtausenden ohne unser Zutun entwickelt hat, was Millionen Menschen vor uns erfunden, erdacht, gebaut und auf diesen Planeten gesetzt haben. In all das werden wir, ohne gefragt zu werden, und ohne Vorwarnung hineingeworfen." Sie seufzt. „Wieviel wäre uns immerhin erspart geblieben, wenn wir früher aus der Ursuppe gestiegen wären! Sagen wir mal, so vor zehn- oder zwanzigtausend Jahren."

Sie sagt es in einem Tonfall, als sei ich es, der vor langer Zeit die Entscheidung gefällt hat, die dazu führte, dass wir jetzt mit all dem konfrontiert sind, was sie gerade aufzählt.

Und das Schlimmste," fügt sie hinzu, „ist unser unentrinnbares Eingebundensein in die Koordinaten von ,Ich', ,Du', ,Wir', und ,die Anderen'.

Durch das Küchenfenster sehe ich die Spitze des Fernsehturms in den sich verdunkelnden Himmel ragen. Ihn hat sie bei ihrer Aufzählung unerwähnt gelassen.

„Das ist nichts", sage ich, „verglichen mit dem sich endlos wiederholenden Ineinanderfließen von Tag und Nacht."

„Dieses Ineinanderfließen vom Tag in die Nacht, wie du es so poetisch nennst, vollzieht sich seit undenklichen Zeiten, mein Lieber. Übrigens auch von der Nacht in den Tag. Und das schon lange bevor es ein menschliches oder irgendein anderes Wesen auf diesem Planeten gab," lässt mich Teresa wissen, „und es wird sich wohl noch eine Weile wiederholen."

Und als hätte sie es gerade in den Nachrichten erfahren, sagt sie:

„So lange jedenfalls, wie sich die Erde um sich selbst und um die Sonne dreht."

„Das zu wissen, macht es für mich nicht leichter," sage ich, „egal, wer sich um was, oder ob sich überhaupt wer oder was dreht. Es geht um diese dahinschleichenden Minuten. Wenn die Nacht den Tag verdrängt. Das Licht am westlichen Horizont verblasst. Von Osten her Sekunde um Sekunde Helle aus den Häuserwänden sickert. Während der Tag westwärts abrückt, die Nacht von Osten heranwächst. Und sich die Straßenschluchten immer mehr verdunkeln.

„Du steigerst dich da in was hinein, Philipp. Hier in der Stadt ist dieser Übergang fast nicht wahrnehmbar. Kaum verschwindet das Tageslicht, schon flammen die Straßenlaternen auf," sagt Teresa.

„Auch sie können nicht verhindern, dass die Nacht den Tag umstellt."

„Du lieber Himmel, Philipp, dann mach deine Augen zu und halte sie so lange geschlossen bis es Nacht geworden ist!"

„Das nützt gar nichts. Ich spüre ihn dennoch. Diesen schleichenden Übergang. Wenn das Dunkel von allen Seiten an mich herandrängt. Und sich über mich wirft. Es ist, als ob eine riesige Steinplatte sich auf mich heruntersenkte. Ich fühle, wie sie näher und näherkommt. Ich weiß, gleich wird sie auftreffen, mich zerquetschen. Und ich kann nichts dagegen tun. Ich spüre den Schmerz, den sie verursachen wird. Tief in mir drin. Wie ein Phantomschmerz, nur, dass er statt nachher, vorher eintritt."

„Welche Steinplatte denn?" fragt Teresa.

„Es ist eine Metapher."

„Die aber nichts taugt für das, was du mir weiszumachen versuchst."

„Weismachen? Ich will dir nichts weismachen. Dieser für mich qualvolle Übergang vom Tag in die Nacht findet de facto statt. Jeden Abend aufs Neue."

„Was hat das mit der Steinplatte zu tun, die dich zerquetscht?"

„Zu zerquetschen droht."

„Aber du weißt doch, dass sie dich nicht zerquetscht," sagt Teresa.

„Ja. Aber erst hinterher."

„Und wenn du die Vorhänge zuziehst? Decken über dich wirfst? Dich im Keller verkriechst? Oder dich im Garten eingräbst? Bis es Nacht geworden ist. Dann kriegst du die Dämmerungsphase gar nicht mit."

„Das ist es ja eben. Selbst wenn ich mich in einem Kino, einer hellerleuchteten Galerie, oder inmitten eines ausgestrahlten Cafés vor der einbrechenden Nacht verstecke. Oder mich im blendenden Neonschein eines Kaufhauses davor zu schützen versuche. Ich spüre, wie die Farbe aus den Häuserfassaden und Alleebäumen rinnt. Die Dunkelheit das Licht absaugt. Und es wie Abfall hinter den Horizont kippt. Das spüre ich, auch ohne hinzusehen. Es ist die Steinplatte, die sich auf mich heruntersenkt und mich zu zermalmen droht."

„Ich weiß nicht," sagt Teresa. Wiegt ihren Kopf hin und her, „gut, meinetwegen. Auch wenn es denn so wäre."

„Es ist definitiv so. Den Konjunktiv kannst du getrost beiseitelassen."

„Okay, okay, Philipp! Aber es geht doch vorüber," sagt sie versöhnlich, „und du weißt das. Du hast es tausendmal erlebt. Und stell dir mal vor, die Erde würde in der Phase der Dämmerung für immer innehalten? Dann würde das, was für dich offenbar unerträglich ist, für immer und ewig anhalten."

„Dann gäbe es ja diesen Übergang nicht mehr. Es wäre ja wieder ein Dauerzustand."

„Ohne das Dunkel der Nächte wüssten wir nichts von den auf uns herunterblinkenden Welten, die unsere Erde umkreisen," sagt Teresa, ohne auf meinen Einwand einzugehen, „würde dir das nicht fehlen?"

Ja. Das kenne ich schon. Wenn sie mit ihren Argumenten nicht weiterkommt, weicht sie aus und erweitert das Thema in eine andere Richtung.

„Ich habe ja nichts gegen die Nächte. Der Übergang ist es, der…"

„… unerträglich für dich ist. Das hab ich begriffen."

„Vielleicht wäre es anders, wenn sich Tag und Nacht schneller ineinanderschöben," räume ich ein, „einfach, bumm, aufeinander krachten.

„Dann geh in die Tropen!" sagt Teresa, „dort krachen Tag und Nacht übergangslos aufeinander."

„Woher willst du das wissen? Bist du je in den Tropen gewesen?"

„Nein, Philipp, bin ich nicht. Aber ich weiß auch, dass sich unter uns Australien befindet. Ohne je dort gewesen zu sein."

„Was Australien betrifft, ist das eine Frage der Sichtweise. Nur wenn wir uns oben dünkten, träfe deine Aussage zu. Im Übrigen wird wohl auch in den Tropen das Licht allabendlich von der Dunkelheit aufgesogen."

„Ja. Aber eben, bumm, übergangslos."

„Wir befinden uns aber nicht in den Tropen, wie dir sicher nicht entgangen ist. Und ich habe auch nicht den Wunsch, dort hinzuziehen."

„Das solltest du dir vielleicht nochmal überlegen," stichelt Teresa, „schon allein wegen des Sprits, den du auf deinen abendlichen Panikfahrten verführst, mit denen du der Dämmerung zu entkommen meinst."

„Und du glaubst, Einsparungen würden mich vor der Panik schützen, die mich allabendlich befällt?"

„Dann denke wenigstens mal darüber nach, wieviel Dreck du während deiner sinnlosen Dämmerungsfluchten in die Atmosphäre verpuffst!"

„Ich fürchte, auch ökologische Argumente werden meine Qualen während des schleppenden Übergangs vom Licht ins Dunkel nicht mildern."

„Mein Gott, Philipp! Dann versuche, dich auf Alltägliches zu konzentrieren! Das hilft immer."

„Was gibt es denn Alltäglicheres als die unermüdliche Rotation unseres Planeten?"

„Den Supermarkt. Zum Beispiel," sagt Teresa.

Ich gebe zu, jetzt bin ich überrascht: Auf diese Gesprächswende war ich nicht gefasst.

„Der Supermarkt? Okay. Was ist mit ihm?"

„Er schließt in Kürze."

„Ja, das ist mir bekannt. Er schließt jeden Tag um die gleiche Zeit. Außer sonntags."

„Und?"

„Was und? Sonntags bleibt er durchgängig geschlossen."

„Eben. Und heute ist Samstag. Was folgerst du daraus?"

„Dass gestern Freitag war. Zum Beispiel."

„Ja-und-was-noch-Philipp?"

Ich habe nicht die geringste Ahnung, was sie mit ihrem Ratespiel bezweckt.

„Du weißt es ja offenbar. Sag es mir einfach!"

„Dass-morgen-Soooonntag-ist, Philipp."

„Ja. Natürlich. Aber auf was genau willst du nun hinaus?"

„Auf den Küüühlschrank!", ruft sie

„Den Kühlschrank? Was ist denn mit ihm?"

16

„Hast du ihm heute schon einen Blick gegönnt?"

„Sollte ich das??"

„Keinerlei Assoziationen, Philipp, nicht wahr?"

„Er ist leer? Ist es das, was du mir auf diesen Umwegen zu verklickern versuchst?"

„Bingo!" jauchzt Teresa, „und da böte der naheliegende Supermarkt die Möglichkeit, sich neu zu bevorraten. Zumal morgen Sonntag ist."

„Ach so. du meinst, ich sollte einkaufen gehen?"

„Zum Beispiel."

Warum sagst du das nicht gleich? Ohne diesen Umweg über das Alltägliche und den Kühlschrank."

„Jetzt geh erst mal ans Telefon! Hörst du nicht, dass es läutet?"

„Diese Vergewaltigung von Beethovens *Elise*, die der moderne Mensch offenbar angenehmer empfindet als das vertraute Klingeln, nennst du Läuten?"

„Beethoven, Klingeln, Läuten! Das spielt keine Rolle," sagt Teresa, „geh-einfach-ran!"

„Und das Alltägliche und der Kühlschrank?"

„Darum hättest du dich früher schon kümmern können. Geh ran!"

„Das ist bestimmt Birgit," sage ich.

„Wie willst du das wissen?"

„Es ist immer Birgit, die um diese Zeit anruft."

„Ja. Vielleicht," sagt Teresa, „aber wir werden es nicht erfahren, wenn du nicht rangehst."

„Ich? Ich bin nicht neugierig."

„Spring doch einmal über deinen Schatten!"

„Was hat das mit meinem Schatten zu tun?"

„Phiiiliiipp! Geeeh-ran!"

„Okay. Wenn du es partout willst."

„Ciao Filippo, ich bin's, Brigida, wollt mich nur zurückmelden."

Natürlich ist es Birgit. Sie passt die Vornamen ihrem jeweiligen Urlaubsland an. Letztes Jahr nannte sie sich Brigitte. Französisch ausgesprochen. Und mich Philippe.

„Und?" fragt Teresa.

„Es ist Birgit."

„Sag ihr, du stehst mit der Einkaufstasche im Gang!" sagt Teresa.

„Wer klopft da bei dir herum? Habt ihr die Handwerker im Haus?" fragt Birgit.

„Nein, nein. Wahrscheinlich habe ich unbeabsichtigt mit dem Finger aufs Mikrofon getippt."

„Unbeabsichtigt, Filippo? Ich habe schon verstanden. Du hast keine Lust, mit mir zu quatschen!"

„Gib mir Birgit!" bellt Teresa und greift nach dem Hörer.

„Sie heißt jetzt Brigida und hat soeben aufgelegt."

„Das ist wieder mal typisch für dich," sagt Teresa und wirft mir diesen gewissen Blick zu.

„Für mich? Es ist Birgit, die aufgelegt hat."

„Und? Was schlägst du nun vor?"

„Was ich vorschlage? Im Moment nichts."

„Und über den Moment hinaus?"

„Innehalten, wenn das Telefon klingelt."

„Innehalten? Wozu denn das?"

„Um erstmal herauszufinden, ob wir überhaupt angerufen werden wollen. Und nicht vielleicht was ganz anderes vorhaben. Die meisten Anrufer geben dann ohnehin auf. Falls nicht, schaltet sich der Anrufbeantworter ein. Reicht die Ausdauer des Anrufers oder der Anruferin bis zum Ende einer bewusst ausladend formulierten Ansage, erfahren wir seine oder ihre Identität. Dann können wir immer noch entscheiden, ob wir mit ihm oder ihr reden wollen. Oder eben nicht. Warum sollten wir uns von der spontanen Gesprächslaune etwaiger Anrufer oder Anruferinnen gängeln lassen? Und ein bereits gefasstes Ziel wieder aus den Augen verlieren?"

„Du lieber Himmel, Philipp! Dann kannst du dich genauso gut über Rauchzeichen verständigen."

„Warum nicht? In manchen Kulturen hat das jahrhundertelang funktioniert. Muss ich mich einer Zeit anpassen, in der bereits Kleinkinder in eigene Handys sabbern?"

„Wow! Du verdrehst meine Gedanken solange, bis sie den denselben Verwirrungsgrad aufweisen wie deine eigenen," sagt Teresa.

„Wenn du dich schon auf Proust berufst, dann zitiere ihn bitte korrekt!"

„Proust? Du meinst Marcel Proust? Was hat der denn damit zu tun?"

„Vergiss es! Jedenfalls verfehlt dein Satz den Kern der mir von dir aufgedrängten Auseinandersetzung."

„Mannomann! Der Kern der dir von mir aufgedrängten… Geht's noch verschachtelter? Was ist denn nun dieser Kern der dir angeblich von mir aufgedrängten Auseinandersetzung, deiner Ansicht nach?"

„Dass sie, wie jede andere, in ein Dilemma führt. Abheben *und* Einkaufen war nun mal nicht zeitgleich zu schaffen."

„Grundgütiger! Im Alltag müssen wir alle fortwährend Verschiedenes gleichzeitig tun. Wenn das jedes Mal in ein Dilemma führte, wären wir praktisch denk- und handlungsunfähig."

„War es nicht deine Idee, mich mit dem Alltäglichen zu beschäftigen?"

„Bravo, Philipp! Bravo, bravo!" sagt Teresa und klatscht ihre Handflächen mehrmals aufeinander, „du hast es geschafft, mich so lange in Unergiebiges zu verwickeln, dass der Supermarkt inzwischen zu ist. Wie du das nur immer hinkriegst, mit sophistischen Winkelzügen die allgemein gültige Wirklichkeit solange zu verquirlen, bis du sie in deine eigene verwandelt hast?"

„Oh! Interessant. Was hältst du denn für die allgemein gültige Wirklichkeit?"

„Die, aus der du dich herausmogelst. Indem du Sachliches und Persönliches vermischst. Um Streit herbei zu polemisieren. Und damit jedem Gespräch eine gemeinsame Basis entziehst. Unmöglich, nicht Ball in deinem Spiel zu werden. Um es mal mit deinen Worten zu sagen. Nützt es deinen Argumenten, berufst du dich auf die Logik. Wenn nicht, wirfst du sie über Bord. Verweigerst dich evidenten Zusammenhängen. Kannst dich plötzlich an nichts mehr erinnern. Ist dir jedoch ein logisch kohärentes Vorgehen opportun, verfolgst du deine und meine Aussagen jahrzehntelang zurück. Stülpst das, was außen war nach innen. Schubst alles zuvor Gesagte aus deinen und meinen Sätzen. Und biegst sie dir nach deinem Gutdünken zurecht. Kurz gesagt: du redest dir die Erde eckig. Und die Äpfel zu Bananen.“

„Äpfel? Bananen?“

„Ach hör doch auf, dich an meine Worte zu klammern und sie aus dem Kontext zu reißen, sie dadurch zu entkräften und immer wieder bei den Grundsatzdebatten anzukommen.

Ist das, was wir sehen, auch das, was wir sehen? Oder nur das, was wir zu sehen meinen? Existiert, was wir um uns herum wahrnehmen? Oder phantasieren wir es uns nur zusammen? Sind wir selbst überhaupt da? Oder werden wir nur in all das, was wir sehen hineingeträumt? Oder träumen es aus uns heraus. Und so weiter, und so weiter…“

Teresa hält inne. Schaut einmal um sich. Wirft mir einen schelmischen Blick zu.

„Immerhin,“ lacht sie und klatscht wieder in die Hände, „immerhin ist es mir gelungen, dich von deiner Panik abzulenken. Schau raus auf die Straße! Alle Lampen sind an. Und aus den Fenstern leuchtet dir Licht entgegen. Die Dämmerung ist vorüber.“

„Ja, du hast recht. Aber morgen Abend wird sie neuerlich da sein.“

„Glaub mir, Philipp!" seufzt Teresa und sieht mich besorgt an, „du solltest einen Therapeuten aufsuchen!"

„Wird *er* die Rotation unseres Planeten zum Stillstand bringen können?"

Teresa schüttelt den Kopf.

„Irgendwann wird es mal nicht gut ausgehen mit deinen unsinnigen Nachtfluchten. Glaub mir! Ich spüre das."

Teil 1

Abenddämmerung

Wie eine Insel im Regen

Natürlich legt auch der nächste Tag wieder diesen Zwischenhalt ein, der sich quälend dahinzieht. Bis sich der Tag in Nacht verwandelt hat. Und wieder flüchte ich von irgendwo nach nirgendwo. Um der Dunkelheit zu entkommen, die anfangs kaum wahrnehmbar heranschleicht. Sich dann immer fordernder über den Tag wölbt. Beharrlich saugt und saugt. Bis sie alles Licht in sich hineingeschlungen hat. Und nichts mehr von ihm übrig ist.

Feiner Spätsommerregen sprüht ein schlieriges Tropfennetz auf die Windschutzscheibe. Ich versuche mich auf etwas Alltägliches zu konzentrieren. Das laut Teresa immer helfe. Aber natürlich fällt mir wieder nichts ein. Das ist so, als ob man aufgefordert würde, an irgendetwas oder an nichts zu denken. Was ist irgendetwas? Was ist nichts? Eben.

Ich schaue an der Hauswand entlang nach oben. Ein letzter Purpurstreifen verblasst an der Dachrinne. Nur aus ihrem Fenster dringt Licht. Wo sind die anderen Bewohner? Es ist zu früh am Abend, um alle schlafend zu vermuten. Eher unwahrscheinlich auch, dass alle aushäusig sind.

Es nützt nichts. So komme ich nicht weiter. In meinen Handflächen fängt es schon an zu schwitzen. Als nächstes werden meine Finger beben. Dann mein ganzer Körper.

Ich versuche, mich auf das Blubbern des Motors zu konzentrieren. Schaue nach oben. Beobachte, wie der Vorhang an ihrem Fenster beiseite gleitet. Ein Fensterflügel klappt nach innen. Und ich kann ihr Gesicht erkennen. Ihre zusammengesteckten Haare lösen sich. Fallen über den Mauerrand unterhalb des Fensterrahmens.

Wie bei Rapunzel, denke ich, nur nicht so lang.

Es nützt nichts. In meinem Brustkorb pocht es heftig. Als befänden sich zwei Herzen in ihm. Die arrhythmisch gegen meine Rippen trommeln.

Ich schaue noch einmal zu ihrem Fenster hoch. Die Bewegungen ihrer Arme dehnen sich zu riesigen Schatten. Jetzt streift sie ihr T-Shirt ab. Schlüpft in ihr Nachthemd. Ich kann ihre Brüste unter dem dünnen Stoff wippen sehen. Dann zieht sie die Vorhänge zu. Das Licht an ihrem Fenster erlischt. Der Streifen an der Dachrinne hat sein Purpur verloren. Die Herzen in meiner Brust hämmern gegeneinander an. Als wollte eins von ihnen die Oberhand gewinnen. Mein Körper bebt. Mein Hemd klebt an meinem Rücken.

Denk an was Alltägliches! Ermahne ich mich. Ja, ich weiß, aber an was? Irgendwas? Ja, irgendwas! Ich schüttele den Kopf. Mir fällt nichts ein.

Das dunkle Fenster hebt sich nun nicht mehr von all den anderen ab. Sie ist ins Bett gegangen. Sie geht immer früh ins Bett. Um Licht zu sparen. Sagt sie.

Und während ich weiter nach Alltäglichem Ausschau halte, wird es immer dunkler um mich herum. Ich schalte die Scheinwerfer ein. Sie schieben die hereinbrechende Nacht von mir weg. Aber ich spüre, wie sie mich seitwärts und von hinten umzingelt.

Schließlich halte ich es nicht mehr aus.

Ich drehe das Lenkrad abrupt nach links. Um aus der Parklücke auszuscheren. Der schwere Wagen fährt los. Poltert über die gepflasterten Bodenwellen. In diesem Teil der Stadt fahren nur wenige Autos. Auch die Gehwege sind menschenleer. Eine überflüssige Ampel schaltet von Gelb auf Rot. Ein erster Impuls in mir sagt: weiterfahren! Ein zweiter Impuls lässt mich auf die Bremse treten. Der Wagen macht einen Ruck. Ich kippe gegen das Lenkrad. Wippe wieder zurück an die Sitzlehne. Während mein linker Fuß das Kupplungspedal durchdrückt.

Das Rot der Ampel zerfließt auf dem nassen Asphalt.

Der Motor blubbert in leicht verminderter Drehzahl weiter. Ich spüre, wie Schweißtropfen aus meinem Nacken perlen. Und eiskalt über meine Schulterblätter rinnen.

Die Ampel leuchtet immer noch rot. Habe ich die Grünampel verpasst, als ich nach Alltäglichem suchte? Jetzt verschwindet das Rot. Die Ampel schaltet auf gelbes Dauerblinken um. Und der Wagen fährt ohne mein Zutun los. Wie von einem autonomen Navigationssystem geleitet, biegt er in die nächste Querstraße. Manövriert sich durch ein Gewirr kleiner Straßen bis zur großen Ausfallstraße. Rollt an einer endlosen Reihe von Laternen der herannahenden Nacht entgegen.

Nach Osten hin nimmt die Stadt kein Ende. Eine Siedlung reiht sich an die andere. Die Häuser sehen alle gleich aus. Balkonlos. Mit kleinen abweisenden Fenstern.

Ein Wolkenbruch wirft einen dichten Perlvorhang vor die Häuserfassaden. Die Herzen in meiner Brust stampfen wie ein Schiffsmotor.

Um diese Stunde fahren kaum noch Autos in Richtung Grenze. Der Regen fällt dichter. Noch sehe ich rote und gelbe Lichtflecken durch die Wasserwand schillern. Dann flammen endlich die Laternen auf. Ducken sich unter den schwindenden Tag. Und drücken die Nachtdecke nach oben.

Mein Auto fährt mich an den Straßenrand. Bleibt dort stehen. Der Motor läuft weiter.

Die Wolkenwand zieht sich zurück.

Ein Kribbeln geht durch meinen Körper. Meine Füße fühlen sich an, als wären meine Schuhe mit kaltem Wasser angefüllt.

Denk an was Alltägliches! ruft es in meinem Kopf.

In diesem Moment erhellt sich ein Fenster in einem der Wohnblocks neben der Straße.

Bleiben die andern im Dunkeln sitzen, um Licht zu sparen? Überlege ich. Oder sind sie noch nicht von der Arbeit zurück? Und einer ist gerade nach Hause gekommen? Vielleicht haben auch alle schon geschlafen, und nur dieser eine muss jetzt zur Nachtschicht raus? Vielleicht ist er auch nur aufgewacht, weil er auf die Toilette muss?

Nur noch vereinzelt klopfen schwere Tropfen auf das Autodach. Mein aufgestauter Atem strömt mit einem langen Seufzer aus meinem Brustkorb.

Es ist vorüber.

Tag und Nacht haben sich getrennt. Das Zittern weicht aus meinem Körper. Die beiden Herzen haben sich wieder zu einem vereinigt. Das ruhig und gleichmäßig vor sich hin klopft. Meine Hände sind noch immer nass. Der Schweiß auf meinem Rücken fühlt sich jetzt warm an.

Jetzt könnte ich wieder umkehren und zurückfahren. Denke ich noch. Dann überfällt mich eine dumpfe Müdigkeit. Ich spüre, wie ich immer schwerer und schwerer werde. Bis der Autositz unter mir wegsackt. Und mich mit sich mitnimmt.

Ein gleichbleibender Ton holt mich in die Nacht zurück. Es klingt wie eine Fanfare. Vielleicht auch eine Posaune. Oder so.

Wer bläst um diese Zeit in einem Wohnblock Fanfare, Posaune oder ein ähnliches Blasinstrument? Frage ich mich.

Dann merke ich, dass es aus mir heraustönt.

Mein Kopf liegt schwer auf dem Lenkrad und drückt den Hupring nach unten. Ich muss eingenickt sein.

In den seitlichen Wohnblocks leuchten weitere Fenster auf. Immer mehr Bewohner stehen zur Nachtschicht auf. Können nicht schlafen. Oder wollen nicht. Unwahrscheinlich, dass sie alle kollektiv zum Pinkeln aufgestanden oder alle auf einmal nach Hause gekommen sind. Vielleicht habe ich sie auch mit meinem Hupen geweckt.

Ja, das ist wohl am wahrscheinlichsten.

„Klar," sagt Teresa, *„das Wahrscheinlichste erscheint in deinem Kopf an letzter Stelle."*

Das Wahrscheinliche ergebe sich von selbst. Es benötige keinen Platz in unseren Köpfen. Da es, wie das Wort schon sagt, ohnehin meist eintreffe.

„Womit du wieder das letzte Wort hast," sagt Teresa.

Ich sei weder am letzten, noch am ersten Wort interessiert.

„Eben," sagt Teresa.

Das ist auch so eine Sache. Wenn die Spannung nachlässt, muss ich pinkeln. In den unpassendsten Momenten. Doch, ich weiß jetzt schon, kaum bin ich ausgestiegen, lässt der Harndrang wieder nach. Und während ich wartend, mit offenem Hosenschlitz, am Straßenrand stehe, verdunkeln sich einige Fenster wieder. Und andere leuchten auf. Als gäben sich die Bewohner geheime Zeichen. Oder sie beobachten mich. Wollen mir zu verstehen geben, mich von der Straßenlaterne wegzubewegen. Um sie nicht zum unfreiwilligen Beobachten meiner Pinkelversuche zu zwingen.

Die Luft zittert wie ein fein gewebter Schleier um mich herum. Ich habe keine Lust mehr, weiter zu warten, ob sich in Sachen pinkeln vielleicht doch noch was tut. Ziehe den Reißverschluss wieder hoch. Öffne die Autotür. Lasse mich auf den Sitz fallen. Beschließe, nicht weiter über die Vorgänge in den Wohnblocks zu rätseln. Ich muss ja nun nicht mehr Alltägliches herbeidenken. Ich übernehme das Kommando über mein Auto. Doch statt umzukehren, fahre ich in östlicher Richtung in die Nacht hinein.

Als ich bei der nächsten Tankstelle halte, ist der Harndrang wieder da. Ich trete von einem Bein aufs andere. Und lasse für zwanzig Euro Sprit in meinen Tank fließen. Mehr tanke ich nie. Immer nur für zwanzig Euro. Egal wie die Spritpreise stehen. Das ist ein Prinzip von mir. Hätte ich eine irreparable Panne, die mich zwingen würde, mein Auto zu veräußern, würde ich ungern unnötig bezahlten Sprit im Tank zurücklassen.

„Was für ein unsinniges Prinzip," meldet sich jetzt Teresa, *„wärst du vorhin umgekehrt oder, besser noch, gar nicht erst losgefahren, hättest du überhaupt keinen Sprit verbraucht."*

Die junge Frau an der Kasse hat fettige pickelige Gesichtshaut. Und einen Ring in einem Nasenflügel. Sie lässt die Schublade klingelnd aufspringen.

„Kann ich erst -?"

Ich presse meine Schenkel zusammen und deute auf meinen Unterbauch.

Sie zuckt mit dem Kinn in eine Richtung. In der ich mich trippelnd entferne.

„Puuuuh," sage ich, als ich zurückkomme. Lege einen Zwanzigeuroschein auf das Ablagebrettchen vor der Kasse. Und nenne die Nummer der Zapfsäule. Sie nimmt meinen Schein. Faltet ihn glatt. Schichtet ihn auf einen Packen weiterer Zwanzigeuroscheine. Presst mit beiden Daumen nach. Und drückt die Schublade mit ihrem Bauch wieder zu.

„Quittung?" fragt sie und wirft den Beleg vor mich hin.

Ich betrachte, wie sich das Thermopapier zusammenrollt. Lasse den Beleg liegen.

Sie kichert in einen Bildschirm neben der Kasse. Nagt an den Fingernägeln ihrer linken Hand herum. Wie ein Kaninchen. Denke ich. Mit der anderen Hand schiebt sie sich Kartoffelchips zwischen die Zähne.

„Noch was?" fragt sie und zermahlt weiter abwechselnd Chips und Fingernägel.

Ich schüttele den Kopf.

Links neben der Kasse sprudelt ein Mini-Aquarium. Farblose verkrüppelte Winzlingsfische kreisen um eine Pyramide von Münzen. Ich werfe mein Wechselgeld dazu. Die Fische stürzen sich darauf. Wedeln wieder auseinander. Kreisen dann weiter.

Die Frau an der Kasse kichert immer noch. Ohne den Blick zu heben, hält sie mir eine Handvoll Chips entgegen. Ich halte meine Hände abwehrend vor mich hin. Meine Geste scheint sich im Bildschirm zu spiegeln, denn sie hebt ihre Schultern. Zieht ihre Hand wieder zurück. Und schiebt die Chips zu denen, auf denen sie noch herumkaut.

„Also tschüss dann," sage ich.

„Tschüüüs!" sagt sie.

Draußen hat es wieder zu regnen angefangen. Die verkrüppelten Winzlingsfische lassen mir keine Ruhe. Ich gehe nochmal zurück.

„Lass doch die Frau mit deinen Fischen zufrieden!" sagt Teresa.

Wieso meine?

Die Fische kreisen immer noch, wie aufgezogen, um die Münzenpyramide herum.

„Was vergessen?" fragt die Frau an der Kasse.

„Kriegen die auch noch was anderes?" frage ich.

„Wer?"

Ich deute auf das Aquarium.

„Ach, die," kichert sie, ohne sich vom Bildschirm abzuwenden.

„Und? Kriegen sie?" hake ich nach.

Sie zuckt mit den Schultern.

„Können sie denn davon leben?"

„Wie Sie sehen."

Sie hebt ihren Blick. Hört einen Augenblick auf zu kauen.

„Witz," prustet sie und kaut weiter, „die sind elektronisch. Die brauchen nichts"

„Elektronische Fische?

„Hmhm," mampft sie. Und nickt zweimal.

„Gibt's sowas überhaupt, elektronische Fische?"

„Ich meine, künstliche Fische. Angeblich elektronisch gesteuert. Sagt der Chef."

Sie wendet sich wieder dem Bildschirm zu. Schiebt die heruntergefallenen Chips mit ihrem Unterarm über die Tischkante in den Papierkorb. Und unterbricht noch einmal ihr Kauen.

„Noch was?"

„Die sehen aber ziemlich echt aus."

„Warum haben Sie dann die Münzen reingeworfen?"

Sie zieht eine neue Tüte mit Chips aus einer Schublade unter ihrer Arbeitsplatte. Zerrt mit ihren Schneidezähnen am oberen Ende der Tüte. Ein Plastikteilchen bleibt an ihren Zähnen hängen. Sie fummelt es mit der Zungenspitze über ihre Lippenränder. Und versucht es neben sich in den Papierkorb zu spucken. Schließlich pflückt sie es mit beiden Händen von ihren Lippen.

Mir gehen diese Fische nicht aus dem Kopf.

„Und die anderen? Wussten die, dass…"

„Welche anderen?" unterbricht sie mich.

„Na die, die vor mir die Münzen reingeworfen haben. Der gesamte Aquariumboden ist damit bedeckt."

„Die sind ja schuld daran."

„Schuld? Wer? Woran?"

„Na die anderen. Die damit angefangen haben, diese dämlichen Münzen da reinzuwerfen. Wovon die Fische dann krepiert sind."

„Eben sagten Sie noch, es seien elektronische Fische?"

„Ja. Jetzt," sagt sie genervt, „früher waren es echte. Was man so unter echt versteht," sie wirft mir einen kumpelhaften Blick zu, „bis sie dann, nach und nach eingegangen sind. Keine Ahnung. Metallvergiftung, meint der Chef."

Sie scheint die Nägel in die ihr passende Form gebissen zu haben. Sie nimmt ihre Finger von ihren Lippen.

„Er hat sie dann durch diese dort ersetzt."

Sie klopft gegen die Aquariumwand.

„Die hier sind geldresistent. Und Futter brauchen sie auch keins."

„Witz?" frage ich.

Sie prustet und presst ihre Hände auf ihren Mund.

Die auf beiden Seiten der östlichen Ausfahrtstraße aufgereihten Wohnblocks nehmen kein Ende.

Der Geruch der Chips hat sich in meiner Nase festgesetzt. Und lässt mich meinen leeren Magen spüren. Ich erinnere mich an die Wurstsemmel im Handschuhfach. Ziehe die fettige Papiertüte heraus. Die Semmel fühlt sich wie Gummi an. Die Wurst hat die Zeitspanne besser überstanden. Ich ziehe sie aus dem pappigen Teig. Werfe die Semmel aus dem Fenster.

„Ein anderer würde jetzt ein schlechtes Gewissen bekommen," sagt Teresa.
Okay, okay.

Ich drücke auf die Bremse. Lege den Rückwärtsgang ein. Fahre zurück. Steige aus. Hole die an den Bordstein gerollte Semmel. Lege sie auf den Beifahrersitz. Und fahre weiter.

Die angebissene Semmel schaukelt hin und her. Und in der nächsten Kurve rollt sie von der Sitzfläche. Hüpft über das Ablagefach unter dem Schaltknüppel auf die Fußmatte.

„Und beim nächsten Bremsen klemmt sie sich irgendwo zwischen die Pedale," sagt Teresa.

Gegen Mitternacht erreiche ich endlich die östliche Stadtgrenze. An der Autobahnzufahrt gerate ich in einen neuerlichen Wolkenbruch. Obwohl ich die Scheibenwischer auf höchste Stufe stelle, schaffen sie es nur mit

Mühe, die aufklatschenden Wassermassen nach links und rechts zu schleudern. Die Straße verschwimmt vor meinen Augen. Die mehrspurigen Fahrbahnen öffnen sich zu einem breiten Flussbett.

Ich sehe die Anhalterin erst, als ich schon in die Autobahn hineinbeschleunige. Sie zieht wie ein Wischbild an mir vorüber. Ich bremse. Die Semmel stößt gegen die Sitzholme und rollt unter das Gaspedal. Ich bücke mich. Fingere nach ihr. Werfe sie wieder aus dem Fenster. Und stoße mit dem Wagen zurück. Bis die Anhalterin im rechten Seitenspiegel auftaucht.

Sie kauert steif unter ihrem Schirm. Wie eine Insel im Regen.

Die Stille der Nachtfahrten

Ich weiß nicht, warum ich angehalten habe. Sie hat nicht einmal gewunken. Auch jetzt steht sie nur da. Als sei sie mit dem überschwemmten Seitenstreifen verwachsen.

Ich fahre an den Straßenrand. Warte. Beobachte sie weiter im rechten Seitenspiegel. Plötzlich, als habe sie ein innerer Mechanismus in Bewegung gesetzt, fängt sie an ihrem Schirm zu hantieren an. Was immer sie vorhat, ihn aufzuspannen oder zu schließen, es gelingt ihr nicht.

Nimmt sie überhaupt wahr, dass ich für sie anhalte? Vielleicht habe ich mich ja getäuscht. Und sie will gar nicht mitgenommen werden. Und will *ich* sie überhaupt mitnehmen? frage ich mich, während ich den Rückwärtsgang einlege.

Sie erscheint nun auch im Innenrückspiegel. Während ich den Wagen weiter zurückrollen lasse, wächst sie in beiden Spiegeln unterschiedlich groß auf mich zu. Als sie an der schlierigen Seitenscheibe auftaucht, beuge ich mich über den Beifahrersitz. Drücke die Tür auf.

Sie kämpft immer noch mit ihrem Schirm. Ich warte. Eine Böe bläst Abgasgeruch ins Wageninnere. Ich versuche, ihr Gesicht zu erkennen, während immer mehr Wasserfäden auf den Sitz nässen. Schließlich gelingt es ihr, den Schirm zuzuklappen. Ohne aufzuschauen, wirft sie sich auf den Beifahrersitz. Stemmt sich gleich wieder hoch. Fädelt ihren Schal vom Hals. Bettet ihn auf die Sitzfläche. Lässt sich darauf plumpsen. Und zieht die Tür zu.

Ihr Schal ist sicher nasser als die Sitzfläche, denke ich. Aber es ist ja nicht mein Hintern.

Sie fragt nicht, wohin ich fahre. Lehnt wortlos ihren Schirm gegen die Mittelkonsole. Fasst nochmal mit beiden Handflächen unter sich, als überprüfe sie, ob der Schal wirklich trockener ist als der Beifahrersitz. Kuschelt sich dann gegen die Rückenlehne. Wuchtet ihre sackartige

Handtasche auf ihren Schoß. Und kramt einen dicken Wälzer heraus. Die Seitenränder fächern sich nach außen. Auch er hat was vom Regen abbekommen.

Die Tropfen auf ihrem Schirm bündeln sich zu Bächen, fließen in den Falten abwärts. Sammeln sich auf dem Autoteppich. Jetzt hebt sie auch noch ihre Arme über den Kopf. Streckt und dehnt sich in alle Richtungen. Plustert sich auf, als wolle sie mein ganzes Auto mit sich auffüllen. Und mich daraus verdrängen. Und ich frage mich noch einmal, warum ich angehalten habe.

„Weil du in einer Zeit stehengeblieben bist, in der sich Autobesitzer in der Gunst badeten, Nichtautobesitzern an ihrem vermeintlichen Vorteil teilhaben zu lassen," mischt sich Teresa wieder ein.

Ob sie das Leselicht einschalten dürfe, fragt meine Mitfahrerin, fingert über die Kippschalter neben der Sonnenblende. Bis sie den passenden findet.

„Knipsen Sie es bitte wieder aus!"

Sie wirft ihren Kopf herum. Als müsse sie ihn gegen einen Widerstand bewegen.

Wer sagt denn heute noch ‚knipsen‘? Und wie sie im Dunkeln bitteschön lesen solle?

Sie hält ihr Buch hoch.

„Gar nicht," sage ich.

Sie dreht ihren Kopf noch mehr in meine Richtung. Bis er etwa im Vierziggradwinkel zu mir einrastet.

„Sie haben mich schon richtig verstanden. Ich möchte nicht, dass Sie lesen. Und wackeln sie nicht so mit Ihrem Kopf! Ihre Haare schleudern mir Ihre Regentropfen ins Gesicht."

Es seien nicht *ihre* Regentropfen, sagt sie bockig.

„Aber doch wohl *Ihre* Haare."

Sie stößt einen zischenden Laut aus. Und macht sich wieder an ihrem Handsack zu schaffen.

Die Autobahn ist leer.

Obwohl ich geradeaus schaue, kann ich nicht verhindern, dass ich ihren Blick auf meiner rechten Gesichtshälfte spüre. Vermutlich hält sie mich für unfreundlich. Denkt, ich wolle sie gängeln. Meine Macht ausspielen. Der sie sich durch ihr Einsteigen in mein Auto ausgeliefert zu haben glaubt. Dabei käme es mir nicht in den Sinn, mich über jemand anderen zu erheben. Oder meine scheinbar bevorzugte Position auszunutzen.

Aber das weiß sie natürlich nicht.

„Manchmal hilft ein Lächeln, Philipp,“ belehrt mich Teresa.

Ein Lächeln?

„Um Bereitschaft zur Freundlichkeit zu signalisieren.“

Freundlichkeit? Es sei doch kaum auszuhalten, wer einem auf Schritt und Tritt entgegenlächele. Von jeder Litfaßsäule. Jeder Plakatwand. Jedem TV-Magazin. Aus allen Illustrierten und Reklamespots. Ganz zu schweigen von Zahnpasten, Hustensäften, Küchenrollen. Selbst in Bekleidungs- und allen möglichen anderen Katalogen fühle ich mich von Lächlern und Lächlerinnen umzingelt. Hinz und Kunz umwirbt mein Interesse. Mit stereotyp gefletschten Zähnen. Um mir eben diese Freundlichkeit vorzugaukeln.

„Na und?“ fragt Teresa, „was stört dich daran?“

Es ist Heuchelei.

Kaufhäuser, Autosalons und Raststätten plakatieren ihr ‚Herzliches Willkommen‘ über ihren Eingängen. Dörfer und Städte versuchen mir bereits am Ortsschild weiszumachen, dass ich ihnen willkommen sei. Und um noch eins draufzusetzen, täuschen sie mir am Ortsende auch noch ihre Freude auf ein

Wiedersehen vor. Selbst Microsoft geniert sich nicht, mich bei jedem Hochfahren meines Computers neu willkommen zu heißen. Wo ich mich hinbewege, wird mir ein schöner Tag hinterhergewünscht. Und auf jedes Dankeschön säuselt mir ein ‚Gerne' zurück. Obwohl man es den Gerne-Sagern deutlich ansieht, dass sie es nicht gerne gemacht haben, wofür ich mich bedankt habe. Und ja, ich gebe es zu, schon mein Dankeschön ist Heuchelei. Sie haben mich schon angesteckt mit ihrem Freundlichkeitsgetue. Soll ich mich noch weiter in ihre Heucheleien hineinziehen lassen?"

„Dir wäre es wohl lieber, alle Welt wäre so muffig wie du?"

Ich suche nach einem versöhnlichen Wort.

Ein Lächeln würde hier im dunklen Fahrzeug ohnehin nichts bringen. Außerdem müsste ich meinen Kopf drehen. Um mich meiner Mitfahrerin zuwenden.

Das will ich nicht.

Ich spüre, wie sie ihren Blick von mir abwendet. Nun starren wir beide den Scheinwerfern nach. Die sich durch die Regenwand bohren.

Wahrscheinlich tut sie nur so, als schaute sie nach vorne. Denke ich. In Wahrheit setzt sich ihr Blick auf einer Gerade ins Unendliche fort. Macht dort einen Knick, um dann vorwurfsvoll zurück auf meine rechte Gesichtshälfte zu zielen.

Ich suche weiter nach einem versöhnlichen Wort. Mir will keins einfallen. Ich gebe es auf.

Zugegeben, sie stand allein unter ihrem Schirm. Eingeschlossen. Wie eine vom Regen umspülte Insel eben. Vermutlich habe ich deshalb auch angehalten. Vielleicht sollte ich ihr erklären, warum ich sie während der nächtlichen Autofahrt nicht lesen lasse. Und dass ich gewöhnlich keine Anhalter mitnehme. Schon gar keine Anhalterinnen.

„Es interessiert niemanden, warum du tust, was du tust, Philipp," unterbricht Teresa meine Gedanken, *„dass du es tust, oder nicht tust, nur das zählt."*

Ihr entgehe dabei, dass alle Handlungen miteinander verbunden sind. Irgendwo ihren Anfang haben. Und ein Motiv, das zu diesem Anfang geführt hat.

„Was sie sich von dir wünscht, ist einfühlendes Verständnis. Nicht deine Erklärungen, warum du es ihr nicht entgegenzubringen vermagst."

Meine Mitfahrerin nestelt an ihrer Tasche, die immer noch auf ihrem Schoß thront. Verstaut sie dann unter ihren Kniekehlen. Und fängt an, auf dem Sitz herumzuwackeln. Die Wackelei greift auch auf meinen Sitz über. Der schwere Wagen bleibt davon unbeeindruckt. Um nicht gleich wieder was zu sagen, starre ich weiter angestrengt nach vorne.

Es nützt nichts.

„Möchten Sie vielleicht lieber wieder aussteigen?"

Sie sagt nichts. Schickt mir nur weiterhin ihren Vorwurf über den Knick im Universum entgegen.

Es ist nicht nur das Rascheln der Seiten, das mich beim Autofahren stört. Sollte ich ihr vielleicht sagen. Es ist vor allem dies subtile Signalisieren von Abwesenheit. Die lässige Unbeteiligtheit am gemeinsamen Vorwärtskommen. Ein zur Schau gestelltes Desinteresse an der Fortbewegung. Durch mich. Und mein Fahrzeug. Das auch ihr zugutekommt. Immerhin. Sollte ich ihr sagen. Sage es aber nicht.

„Ich meine nur. Falls Ihnen die Bedingungen hier im Fahrzeug nicht zupasskommen."

Zupasskommen! Wieder so ein ausrangiertes Wort! Grunzt sie und schüttelt weiter Wassertropfen zu mir herüber.

Die Autobahn endet. Und geht in eine breite Landstraße über.

Ob es ein Autoradio gebe, wenn sie schon nicht lesen dürfe? Sagt sie.

„Freilich gibt es ein Autoradio. Und dies schon seit sehr langer Zeit, aber -"

Das sei ihr bekannt, schnauzt sie dazwischen.

„Aber nicht in meinem Auto", vervollständige ich meinen Satz, ohne meinen Blick von der schnurgeraden Landstraße zu nehmen.

Ja. Das habe sie sich eigentlich schon gedacht. Sagt sie schnippisch.

Ich will nicht wissen, was sie sich eigentlich schon gedacht hat. Sie sagt es mir trotzdem.

Ich sei wohl einer von denen, die den technischen Fortschritt aus ihrem Leben ausklammerten. Und sich mit veralteten Ausdrücken über Wasser hielten.

„Säßen wir dann beide hier. Seite an Seite. In diesem Automobil? Und was meinen Sie mit veralteten Ausdrücken?"

Automobil eben, zum Beispiel, kichert sie und schüttelt wieder Regentropfen auf mich zu. Wer sagt denn heute noch Automobil. Außer dem ADAC vielleicht.

Wenigstens hört sie auf zu schaukeln. Minutenlang sitzen wir regungslos nebeneinander. Schauen gemeinsam den Scheinwerfern hinterher. Die sich in die Dunkelheit fräsen. Immerfort Straße vor uns aufrollen. Und hinter uns wieder abrollen lassen. Als ich zum Beifahrersitz schiele, erkenne ich im matten Licht der Armaturen, dass ihre Haare bunt sind.

„Du pflegst deine Marotten. Das verstellt dir die Sicht auf die anderen," drängt sich Teresa wieder dazwischen.

Welche anderen?

„Eben," sagt Teresa, *„die anderen, Philipp! Die, die nicht du sind. Falls du deren Existenz schon mal in Erwägung gezogen hast."*

Wohl jene, die einen immer und überall anrempelten. Sich mit einem flüchtigen „sorry" den Weg bahnten? Und einem die Schwingtüren im Kaufhaus ins Gesicht knallten? Oder die einem in der Straßenbahn auf dem Fuß herumträten? Ohne den Höhenunterschied zu bemerken. Oder jene, die mir halbzerkaute Vanillekekse auf meine Schuhe bröselten? Und sie mit dem Sakkoärmel von ihren eigenen Schuhen wischten? Ob sie die meine?

Meine Mitfahrerin greift unerwartet unter ihre Kniekehlen, hebt ihren Handsack wieder auf ihren Schoß. Kramt darin herum.

Einfach nur dasitzen und mit mir zusammen die Straße beobachten, scheint nicht ihr Ding zu sein. Stattdessen rempelt sie mit ihrem linken Knie gegen den Ganghebel. Und gräbt unbeirrt weiter in ihrem Handsack herum. Als habe sie sich vorgenommen, nun wenigstens ausführlich zu wühlen. Wenn sie schon nicht lesen darf.

„Du nimmst den Anderen nur durch dich selber wahr," fährt Teresa fort.

Durch wen soll ich ihn denn sonst wahrnehmen? Deinen Anderen?

„Es ist nicht mein anderer."

Eben. Meiner auch nicht. Wenn ich mich nicht wahrnehme, nehme ich auch den anderen nicht wahr. Und umgekehrt.

„Du nimmst den anderen aber nicht wahr. Du integrierst ihn in dich. Dadurch verschwindet er als der Andere. Wird Teil von dir selbst. Das ist dein Trick, sich seiner zu entledigen."

Ach was! Es habe ihn doch nie wirklich gegeben. Diesen Anderen. Jahrhundertelang sei er nicht aufgetaucht in der Menschheitsgeschichte. Der Kampf ums Ich lasse keinen Platz für den Anderen. Nur wenn er brauchbar für einen sei, zolle man ihm Beachtung. Und räume ihm einen Platz neben sich ein. Die Sozialpsychologen haben ihn mit dem Wörtchen Empathie in Szene zu setzen versucht. Das seither viel im Munde geführt werde. Dort jedoch meist verharre.

Aus dem Augenwinkel sehe ich, wie meine Mitfahrerin ein dünnes Kabel aus ihrem Handsack herausfischt. Das sie mit geübten Handgriffen entwirrt. Die Stöpsel in ihren Ohren versenkt. Und das andere Ende des Kabels in einen zugehörigen MP3-Spieler steckt.

Darauf war ich nicht vorbereitet.

„Nicht umsonst habe ich auf den Einbau eines Autoradios verzichtet," sage ich.

Dann ärgere ich mich über meine zusammenhanglose Bemerkung. Mit verstopften Ohren hat sie mich sowieso nicht gehört. Sie beugt sich vor. Stöbert solange weiter, bis ich einen zigarettenschachtelgroßen Gegenstand erkennen kann.

Sie wird doch jetzt nicht zu rauchen anfangen!

Entgegen meiner Befürchtung kommt eine dünne bläulichgrün changierende Metallbrille zum Vorschein. Das Abspielgerät, auf dem sie jetzt herumdrückt, ist so winzig, dass sie es wohl ohne geeignetes Augenglas nicht zu bedienen vermag.

Ich weiß nicht warum, aber ihre Brille stimmt mich versöhnlich.

„Weil sie sich aus deinen Vorgaben heraus bewegt," platzt Teresa dazwischen.

Vorgaben? Welche Vorgaben denn?

„Nun vermutlich passt eine Brille nicht in dein Wunschbild einer jungen Frau."

Wie sie denn darauf komme? Ich habe kein Wunschbild von Frauen. Weder von jungen noch von alten.

„Du hast es. Du weißt es vielleicht nicht. Aber du hast es.

Und? Wenn schon.

„Der Widerspruch zur eintretenden Wirklichkeit bringt deine Vorgaben ins Wanken. Das öffnet dir einen Spaltbreit die Tür zum Universum. Mit all seinen kreisenden Galaxien."

Du lieber Himmel. Ich komme schon mit meiner kleinen Umwelt schwer zurecht. Das Universum und die in ihm kreisenden Galaxien sind für mich nicht von Interesse.

„Hört! Hört!" ereifert sich Teresa, „du bist aber ein Teil davon, Philipp. Ob es dich nun interessiert oder nicht. Du stehst mitten drin."

Mitten drin? Ich weiß nicht.

„Mitten auf dem Planeten einer Galaxie."

Doch wohl eher abseits.

„Die Erde ist rund," klärt mich Teresa auf, „da gibt es kein Abseits."

Da wir nicht über den Horizont hinauszuschauen vermögen, sei die Rundheit der Erde für unser Leben ohne Bedeutung. Andernfalls unser Blick sich bis Australien weitete. Wo alles auf dem Kopf stünde. Innerhalb unserer Wahrnehmung sind wir aber von Rändern umgeben. Und an einen solchen fühlte ich mich gedrängt.

„Du fühlst dich an den Rand gedrängt, weil das Universum dich außen vorlässt. Und warum lässt es dich außen vor? Weil du dich aus ihm ausklinkst. So einfach ist das," sagt Teresa.

Das Universum bietet mir keine Gelegenheit in ihm vorzukommen. Es fegt über mich hinweg.

„Es fegt über uns alle hinweg. Nicht nur über dich," echot Teresa.

Das macht es nicht besser.

„Beschränke dich auf den uns beheimatenden Stern!"

Sie sei es, die vom Universum gesprochen habe.

Der Verkehr nimmt plötzlich zu. Ich schicke meine Aufmerksamkeit auf die entgegenkommenden weißen und von mir weg gleitenden roten Lichter.

Ich weiß natürlich, dass uns die Technik Kopfhörer beschert hat. Um uns vor den Fanatikern zu schützen, die jederzeit und überall nach Musikbeschallung verlangen. Leider prallt der in ihre Hörmuscheln gejagte Elektroniklärm von ihren Trommelfellen wieder ab. Schnellt durch die Gehörgänge zurück. Und zwingt einen zu unfreiwilligen Höropfern.

„Ich ertrage keine Musik, wenn es dunkel ist,“ sage ich zu meiner Mitfahrerin „beim Autofahren schon gar nicht.“

Ich weiß, dass sie mich unter ihren Kopfhörern nicht hört.

„Tagsüber kein Problem,“ fahre ich dennoch fort, „die Helligkeit ist voller Geräusche. Musik schmiegt sich in die Nischen des allgemeinen Getümmels. Schließt die geräuschlos gebliebenen Lücken mit versöhnlichen Tönen.“

Ihr provokantes Weggeschaltetsein macht mich gesprächig.

„Nachts dagegen, wenn die Scheinwerfer die Dunkelheit anleuchten und das Auto auf den hellen Bändern hinterher gleitet, beansprucht das Zusammenfließen von Stille, Licht und Bewegung meine Sinne voll und ganz. Melodiefolgen legen sich wie klebrige Lappen auf meine Sinne. Untergraben meine Aufmerksamkeit. Machen mich schier fahrunfähig.“

Sie sitzt teilnahmslos neben mir. Mit zugestopften Ohren. Und klinkt sich einfach aus unserer gemeinsamen Wahrnehmung der Außenwelt aus. Denke ich verärgert.

Als ich den Druck auf das Gaspedal lockere und einen Gang herunterschalte, zieht sie den Stöpsel aus ihrem mir zugewandten Ohr. Schaut fragend zu mir herüber. Das Armaturenlicht verfärbt die Fassung ihrer Brille. Und streut vereinzelte Glitzerfetzen auf ihr Gesicht.

„Ich ertrage bei nächtlichen Autofahrten keine Musik,“ sage ich. Jetzt etwas lauter.

Sie fragt, warum ich ihr das nochmal erzähle. Der eben erfolgte Vortrag habe ihr genügt.

Sie hat mich also doch gehört.

„Nun," sage ich „dann wissen Sie ja jetzt Bescheid."

Ich deute auf ihr Gerät. Worauf sie demonstrativ mit ihren beiden Zeigefingern gegen ihre Ohrstöpsel tippt.

„Ich höre Ihre Musik dennoch," sage ich.

Musik? fragt sie. Ob sich das nach Musik anhöre?

„Das, wozu der kleine Apparat sie eben verkrüppelt."

Sie sieht mich prüfend an. Und bewegt ihren Kopf hin und her.

Sie höre Gedichte, sagt sie, steckt den Stöpsel in ihr linkes Ohr zurück. Und lehnt sich wieder nach hinten. Ein Hörbuch. Falls mir das was sage.

„Gedichte?" frage ich sie verwundert.

Ja. Gedichte.

„Gedichte können sich mitunter wie Musik anhören," räume ich ein und lasse den Motor wieder auf Touren kommen.

Wenn sie nicht durch Vorträge oder sonstiges Gerede gestört werden, grummelt sie. Zieht die Stöpsel wieder aus ihren Ohren. Verstaut das Gerät in ihrem Handsack. Und schiebt ihn unter ihre Kniekehlen zurück.

„Ist Ihr Hörbuch denn schon zu Ende?"

Sie bläst fauchend Luft aus sich heraus. Tut so als schaute sie nach vorne. Aber sie schaut nicht mit mir den auf uns zu flutenden Lichtern entgegen. Wie ich es mir gewünscht hätte. Ich spüre so etwas. Sie fixiert die Windschutzscheibe. Ihr Blick heftet sich auf das insektenverschmierte Glas. Und klebt daran fest.

Eine ganze Weile kauert sie bewegungslos in ihrem Sitz.

Die Straße wird zunehmend belebter. Auf der Gegenspur strömen, dicht aneinander gekettet, weiße und gelbe Scheinwerfer auf uns zu. Reißt die Kette mal ab, huschen schwammige Schatten an meinem Seitenfenster vorbei.

Reihen sich ein in den Strom der träge vor uns fließenden roten Punkte.

Kurz vor dem Grenzübergang kommt die Kolonne, in der nun auch wir stecken, zum Stillstand.

„Sind Sie sicher, dass Sie weiter mitfahren möchten?" erkundige ich mich.

Fahren? fragt sie. Und wirft ihren Kopf nach hinten.

Wir stehen noch eine Weile. Bis die Fahrzeuge sich zögerlich wieder in Bewegung setzen. Im Schritttempo zuckeln wir auf die Grenze zu.

Am Kontrollhäuschen lasse ich mein Seitenfenster herunterfahren, halte dem Grenzer meinen Ausweis entgegen. Er wirft einen Blick darauf. Schaut an mir vorbei. Und zuckt mit dem Kinn auf meine Mitfahrerin. Die übergangslos in tiefen Schlaf gesunken zu sein scheint.

Der Grenzer heftet den Strahl seiner Stabtaschenlampe auf die unter ihrem Kleid herausgerutschten nackten Oberschenkel. Wirft mir einen komplizenhaften Blick zu. Reicht mir meinen Pass. Ohne einen Blick darauf geworfen zu haben. Und winkt uns weiter. Um meine Irritation nicht zu zeigen, starre ich aufs Armaturenbrett. Aus dem Augenwinkel sehe ich ihn noch einmal winken. Und lasse den Wagen langsam anrollen.

Kaum haben wir die Grenze passiert, richtet sich meine Mitfahrerin im Sitz auf. Zieht ihr Kleid nach unten. Und fragt mich, ob ich den Hinweis auf die nächste Tankstelle nicht gesehen habe?

„Wie bitte?"

Eben schien sie noch tief zu schlafen. Plötzlich ist sie hellwach.

Nur falls ich es nicht bemerkt habe, dass meine Reservelampe schon seit einiger Zeit leuchte.

„Bis zur nächsten Tankstelle wird es wohl noch reichen. So kurz hinter der Grenze ist der Sprit oft am teuersten."

Sie zuckt mit den Schultern. Und auf einmal wird sie gesprächig.

Woher ich käme. Wohin ich fahre. Warum gerade über diese Grenze. Und warum ich überhaupt bei ihr angehalten habe. Sie habe zwar an der Autobahneinfahrt gestanden. Habe aber durch keine Geste zu verstehen gegeben, mitgenommen werden zu wollen.

Ich fühle mich überfordert von der schnellen Abfolge ihrer Fragen.

„Ja, ich weiß selbst nicht, warum ich angehalten habe."

Hätte ein Anhalter dort gestanden, wäre ich vermutlich vorbeigefahren, sagt sie.

„So schätzen Sie mich ein? Warum sollte ich bevorzugt Anhalterinnen mitnehmen?"

„Um dich mit dem Weiblichen auszusöhnen," meldet sich nun Teresa wieder, *„eben dem Weiblichen, dem du dich so hartnäckig verschließt. Eine affirmative Übung, sozusagen. Um wenigstens so zu tun, als wolltest du deine pauschale Abwehrhaltung aufbrechen."*

Ich habe nicht die Absicht mich auszusöhnen. Weder mit dem Weiblichen, noch mit sonst irgendwas.

Ich sei nicht der Typ, der irgendetwas für irgendjemand tue, lässt mich meine Mitfahrerin wissen. Deswegen suche sie nach einem Motiv.

„Ein Motiv? Wofür?"

Vermutlich, um mich als misanthropischer Kauz profilieren zu können. Wofür sie jetzt herhalten müsse.

„Sie müssen die Mitfahrgelegenheit nicht bezahlen", sage ich.

Davon sei sie ausgegangen, sagt sie. Sonst hätte sie auch mit dem Zug fahren können.

„Auch nicht mit Quatschen," sage ich, „außerdem fährt kein Zug von der Autobahneinfahrt ab."

Sie wirft ihren Kopf herum. Wieder spüre ich ihren Blick auf meiner rechten Gesichtshälfte.

Wie spät es denn eigentlich sei, fragt sie unvermittelt. Aber vielleicht gehe ja meine Unfreundlichkeit soweit, ihr auch noch die Antwort auf ihre Frage nach der Uhrzeit zu verweigern.

Ihre Stimme und ihr Tonfall haben sich verändert, seitdem wir die Grenze überquert haben. Irgendwo zwischen lauernd, fordernd und unverschämt.

„Was meinen Sie denn mit Uhrzeit?"

Jetzt bläst sie wieder einen Schwall Luft aus sich heraus.

Was könne man schon mit Uhrzeit meinen? Die Zeit, die man von einer Uhr ablese. Natürlich. Die Uhrzeit eben. Die ganz normale aktuelle mitteleuropäische Zeit.

„So einfach ist das nicht. Welche Zeit wollen Sie wissen? Die meine Armbanduhr anzeigt? Die auf dem Armaturenbrett? Oder die auf meiner Uhr in der Hosentasche?"

Hosentasche, plappert sie hinterher. Vielleicht auch noch die auf dem Kirchturm im nächsten Ort? Ich möge ihr einfach-bitte-nur-die-Uhrzeit sagen.

Sie atmet einmal tief ein und wieder aus. Gibt einen zischenden Laut von sich. Und wirft ihren Kopf nach hinten.

Es tut mir leid, sie derart in Verzweiflung geraten zu sehen. Sie kann ja nicht wissen, dass ich meine Uhren auf unterschiedliche Zeiten stelle.

„Es ist nun mal so, dass meine Uhren unterschiedliche Zeiten angeben," versuche ich ihr zu erklären.

Ja, stöhnt sie, dass hätte sie sich eigentlich denken können.

„Du glaubst wirklich, du kannst dich aus den Regeln dieser Welt herausstehlen, indem du deine Uhren verstellst?" mischt sich Teresa nun wieder ein, „die Menschen sind nun mal übereingekommen, Zeit mittels Uhren zu messen. Dieses Maß gilt als allgemein verbindlich. Weshalb Zeit für alle gleich abläuft.

Es ist kindisch zu glauben, durch Verstellen von Uhren, sich in einem persönlichen Zeitrahmen zu bewegen. Als messe man einen breiten Schreibtisch mit einem verkürzten Meterstab, um ihn durch eine zu enge Tür zu bekommen."

Die Zeitmessung als solche ist es, die uns an der Nase herumführt. Es gibt kein gleich empfundenes Zeitmaß für alle. Ob sie nicht selbst schon beobachtet habe, dass die Zeit im Wartezimmer eines Arztes eher schleppend verrinne? Während sie im Urlaub nur so verfliege? Im Schlaf, zum Beispiel, nehme man sie gar nicht wahr. Was also nütze einem das allgemein verbindliche Maß, wenn doch jeder die Zeit unterschiedlich wahrnehme?

Dann möge ich ihr eben alle mir zugänglichen Uhrzeiten sagen, damit sie sich wenigstens ein ungefähres Bild von der gegenwärtigen Uhrzeit machen könne. Sagt meine Mitfahrerin mit gequälter Stimme, ihren Blick immer noch auf meine rechte Gesichtshälfte gerichtet.

Es mag ja sein, dass es unter meiner Würde ist, mich damit zu beschäftigen, dass Zeit auf uns zu und von uns abfließt. Trotzdem würde sie jetzt einfach gerne wissen, wie spät es sei. Und um meiner zu erwartenden Gegenfrage gleich zuvorzukommen: ja, sie trage selbst eine Uhr an ihrem Arm. Leider sei sie stehengeblieben. Und die Uhr auf dem Armaturenbrett könne sie von ihrer Sitzposition aus nicht erkennen.

„Also gut," sage ich, um dieses unergiebige Gespräch zu beenden, „auf meiner Autouhr ist es jetzt 23 Uhr. Demnach ist es auf meiner Armbanduhr 23 Uhr 15 und auf meiner Taschenuhr…"

Stopp! ruft sie. Das genüge ihr. Also etwa 23 Uhr. Warum nicht gleich so. Sie seufzt.

„Nun, wenn Sie sich mit dieser unpräzisen Zeitangabe zufriedengeben."

„Zeit existiert überhaupt nicht," mischt sich jetzt Teresa wieder ein, „wir nehmen sie nur so lange wahr, wie wir leben.

Vor unserer Geburt und nach unserem Tod ist sie für uns be-deutungslos. Nur die Begrenztheit unseres Lebens lässt uns Zeit empfinden. Die wir messen, um sie einzuteilen, damit wir besser mit ihr zurechtkommen. "

Ob sie den Eindruck habe, dass die Menschen mit ihrer Zeit zurechtkämen?

„Was hat das mit dem Verstellen deiner Uhren zu tun?"

Sie wäre dann doch wohl besser mit dem Zug gefahren, sagt meine Mitfahrerin. Wendet sich von meiner rechten Gesichtshälfte ab. Und presst ihren Kopf bockig gegen die Nackenstütze.

„Bei Bahnfahrten muss man sich an feste Zeiten halten. Wozu die Kenntnis der jeweiligen Uhrzeit vonnöten ist. Über die Sie offensichtlich nicht verfügen," sage ich gegen die Windschutzscheibe, „und man muss sich an vorgegebenen Abfahrtsorten am jeweiligen Perron einfinden. Ich bezweifle, dass ein Zug dort vorbeigekommen wäre, wo ich Sie aufgelesen habe."

Perron! Äfft sie mich nach, was das nun wieder für ein zurückgebliebenes Wort sei?

Dann macht sie wieder diese ruckartige Kopfbewegung. Als versuche sie, sich in eine frühere Bewegungsgewohnheit einzufinden. Frauen mit langen Haaren bewegen ihre Köpfe so, um ihren Haarwust mit einem Ruck von einer Seite auf die andere zu befördern.

„Schau bei Google nach," fängt nun Teresa wieder an, „Zeit existiert nicht. Und was nicht existiert, kann einen auch nicht an der Nase herumführen. "

Gugel, wie Gugelhupf?

„Nein, Google mit zwei o. Kommt aus dem Englischen. Benutzt du denn deinen Computer nur als Deko?"

Sie meine wohl Dekoration? Warum muss man plötzlich alle Worte, ja sogar ganze Sätze verstümmeln? Atmo, SozPäd,

AB, PC, MfG, LG ... Und was habe mein Computer mit Herrn oder Frau Google zu tun?

„Weder Herr noch Frau - ach vergiss es, Philipp!"

Wenn also 'Weder Herr noch Frau Google', wohl zeitgenössische Denker der angelsächsischen Schule, die Meinung vertreten, Zeit existiere nur durch uns, dann falle es mir schwer zu begreifen, warum bereits vor unserer Geburt so viel davon verflossen ist. Und ich folglich davon ausgehen muss, dass auch nach unserem Ableben noch reichlich davon verrinne.

„Außerdem sind die Züge meist überfüllt," sage ich zu meiner Mitfahrerin, „vorher zu erwerbende Fahrausweise sind mitzuführen. Und missmutigen Schaffnern auf Verlangen vorzuzeigen. Glauben Sie wirklich, das wäre die bessere Wahl gewesen?"

Aber im Zug könne sie lesen, so viel sie wolle, sagt meine Mitfahrerin. Sie könne nach Belieben der Musik aus ihren Kopfhörern lauschen. Und es gebe Menschen, die freundlich auf ihre Fragen antworteten. Im Zug. Während sie sich einen unwilligeren Menschen als mich nur schwer vorstellen könne.

„Musik? Ich dachte Sie hören Gedichte," frage ich verwundert.

Im Zug höre sie Musik.

„Und im Auto Gedichte?"

Nur in meinem Auto, sagt sie bockig, das mache ihr die Fahrt in dieser missmutigen Atmosphäre erträglicher.

Das war deutlich.

„Möchten Sie vielleicht lieber aussteigen? Ich zwinge Sie nicht, diese offenbar unerträgliche Atmosphäre in meinem Auto mit mir zu teilen."

Sie hier mitten in der Pampa auszusetzen? Das würde ich übers Herz bringen?

„So wie Sie die Mitfahrt zu erleben scheinen, würde ich Ihnen damit doch nur einen Gefallen tun."

Sie grunzt gegen die Seitenscheibe und mümmelt sich auf dem Sitz ein.

„Es ist völlig egal, ob Zeit mit oder ohne uns verrinnt," sagt Teresa, *hartnäckig am Thema festhaltend, „ohne eine für alle verbindliche Einteilung würde der von uns zu bewältigende Alltag im Chaos enden."*

Ob wir uns nicht längst in einem solchen befänden? Vielleicht haben 'Weder Herr noch Frau Google' auch hierzu eine Meinung geäußert.

Ob ich denn überhaupt schon mal mit dem Zug gefahren sei. Fragt meine Mitfahrerin.

Der forschende Klang ihrer Stimme lässt mich aufhorchen.

„Warum fragen Sie mich das?"

Ich sähe nicht aus wie einer, der mit der Eisenbahn fährt. Sagt sie.

„Ach ja? Sie scheinen sich bereits ein präzises Bild von mir gemacht zu haben. Obwohl Sie mich im Dunkel des Autos nicht einmal richtig sehen können. Wie sehen denn Menschen aus, die nicht mit dem Zug fahren?"

Wie ich eben. Und folglich wisse ich gar nicht wovon sie redete.

„Jeder weiß, dass eine Eisenbahnfahrt eine Strapaze ist. Man muss nicht alles erlebt haben, um darüber Bescheid zu wissen," sage ich.

Um darüber Bescheid zu wissen vielleicht nicht. Aber um es in sich aufzunehmen, müsse man es am eigenen Leib erfahren. Sagt sie. Lehnt ihren Kopf ans Seitenfenster. Lässt es einen Spalt breit heruntergleiten. Und fängt zu summen an.

„Tust du nur so," beharrt Teresa, *„oder glaubst du wirklich, du könntest in deiner eigenen, nur auf dich zugeschnittenen Zeit leben?"*

Ich orientierte mich durchaus an der für gültig befundenen Zeitmessung. Da ich aber zu unterschiedlichem Zuspätkommen neigte, bemühte ich mich, diesem Makel mit einem ausgeklügelten Verstellen meiner Uhren vorzubeugen. Eine Zeitspanne zwischen etwa zehn und zwanzig Minuten. Die vierzehn Minuten, die ich meinen Wecker am Morgen vorstelle, entsprechen exakt der Zeit, die ich im Bad vertrödele. Dadurch komme ich stets pünktlich an meinem morgendlichen Ziel an. Mit meiner Armbanduhr dagegen versuchte ich die zwanzig Minuten Umwege auszugleichen, die mir der alltägliche Tagesablauf aufdrängt. Während meine Uhr im Auto zehn Minuten etwaiger Verkehrsbehinderungen berücksichtigt.

„Wie wär's, wenn du früher aufstündest, dein Trödeln im Bad reduziertest, den Tagesablauf effizienter koordiniertest und Verkehrsbehinderungen adäquat einplantest?"

Meine Mitfahrerin summt immer noch vor sich hin.

„Nochmal zurück zum Thema, von dem Sie mich geschickt abzubringen versuchten. Ich verlange keine Gegenleistung für die Mitnahme in meinem Auto. Sie müssen mich weder unterhalten, noch vermeintliche Wissenslücken in mir zu füllen versuchen. Und - ..." ein entgegenkommender Lastzug dröhnt an uns vorbei, „... Sie müssen mir auch nichts vorsummen."

Nur dasitzen. In die vorbeiziehende Nacht hinausglotzen. Und mich schön still verhalten. Nicht wahr? So wäre es Ihnen am liebsten? Sagt sie motzig.

„Ja," sage ich, „das wäre mir am liebsten."

Sie schnaubt, lüpft ihren Hintern vom Sitz. Zupft an ihrem Rock herum. Und lässt sich wieder herunterplumpsen.

Im Übrigen summe sie nicht mir etwas vor. Gott bewahre! Sie summe lediglich vor sich hin.

‚Um es in sich aufzunehmen, muss man es am eigenen Leib erfahren.' Ich weiß nicht, warum dieser Satz meiner Mitfahrerin sich in mir festgesetzt hat und mich beschäftigt. Um die Fronten aufzulösen, die sich zwischen uns aufgebaut haben, sage ich:

„Ich mag die Stille der Nachtfahrten. Die jenseits der Lichtstreifen in der Dunkelheit lauert. Absichtslos meine Stirn streichelt. Und mit dem Fahrtwind sanft vorüberfließt."

Rilke? fragt sie.

„Nicht, dass ich wüsste. Ist es das, was sie gerade gehört haben? Gedichte von Rilke?"

Dann wohl Trakl? Sagt sie.

„Nein. Auch nicht Trakl."

Also irgendein anderer Kitschbruder. Sagt sie.

Ein kurzes gemeinsames Auflachen versucht etwas zwischen uns zu verknüpfen.

Es tue ihr leid, sagt sie, Rilke und Trakl in einem Atemzug genannt und mit Kitsch in Verbindung gebracht zu haben. Sie liebe Rilke. Trakl kenne sie nur vom Deutschunterricht.

Sie gähnt.

Obwohl er ja gar kein Deutscher sei, fügt sie hinzu.

„Sie sind beide tot, Es dürfte ihnen herzlich egal sein, dass Sie sie in einem Atemzug nennen. Und ich bin schon froh, dass Sie nicht auch noch Benn ins Spiel bringen. Nur weil auch er Fahrt und Nacht in einem seiner bekanntesten Gedichte erwähnt."

Der drohende Ton einer Lastwagenfanfare zerreißt den Faden, der sich zwischen uns zu spannen versuchte. Sie gibt einen gurrenden Laut von sich. Krümelt sich dann wieder in den Beifahrersitz.

Es sei doch nicht etwa ein Gedicht von mir? fragt meine Mitfahrerin mit spöttischem Unterton.

„Ich habe lediglich ein Gefühl ausgedrückt. Sie sind es, die ein Gedicht hineinzuinterpretieren versuchen. Um es für Sie einordnen zu können."

Die Straße ist jetzt wieder leer. Und führt schnurgerade durch eine endlos scheinende Ebene. Ich weiß nicht, warum ich mir vorzustellen versuche, wie wir über die Ränder des Lichts gemeinsam ins Dunkel hinaushorchen. Es gelingt mir ohnehin nicht.

Sämtliche Fahrzeuge scheinen sich hinter der Grenze in Luft aufgelöst zu haben. Oder von der Ebene verschluckt worden zu sein. Außer meinem. Die Scheinwerfer stanzen Lichtbahnen in die Finsternis. Streifen die Umrisse schwarzer Büsche. Und spalten die schwarze Wand, die uns einschließt.

„Wo wollen Sie eigentlich hin?" frage ich nach einer Weile.

Ich könne sie wohl nicht schnell genug loswerden, grunzt sie.

„Ich will nur wissen, wo ich Sie rauslassen soll."

Wohin ich denn führe.

„Ja, wohin fahre ich eigentlich?"

Sie lacht.

Ich wolle von ihr wissen, wohin sie fahre und wisse selber nicht wohin ich führe? Dann sei es doch am besten, wenn ich einfach weiterführe. Sagt sie. Bückt sich, grapscht nach ihrem Handsack. Und fragt mich, ob sie die Beleuchtung unter der Sonnenblende kurz einschalten dürfe.

„Es macht mir nichts aus, dass Sie mich für unausstehlich halten, aber…"

Okay, okay. Sie habe schon kapiert. Sie weise mich jedoch darauf hin, dass *ich* schuld sei, wenn sie sich in den Finger schneide und den Sitz mit Blut verschmierte. Sagt es und beginnt an ihren Fingernägeln herumzuknipsen.

Im Übrigen *halte* sie mich nicht nur für unausstehlich. Ich *sei* es. Definitiv.

Einer ihrer Nagelsplitter fliegt gegen meinen Unterarm. Ein anderer piekst gegen meine Backe. Ich halte schützend meine flache Hand vor mein rechtes Auge. Während sie weiter an ihren Fingernägeln herumfuhrwerkt.

„Ich werde Sie hier aussteigen lassen, wenn Sie mich weiter beschießen. Womit sich die Frage, wohin wir fahren für Sie erübrigt hätte."

Sie hier mitten im Nichts auszusetzen? Nein, das glaube sie mir nicht. So etwas machten nur Monster.

„Haben Sie nicht gerade gesagt, ich sei unausstehlich?"

Definitiv! Aber kein Monster.

Sie öffnet das Seitenfenster. Reckt ihre Hände in die Nacht hinaus. Und redet weiter. Der Fahrtwind saugt ihre Worte aus dem Wagen.

„Sind Sie da sicher?"

Sicher? Worüber? Fragt sie.

„Dass ich kein Monster bin."

Die gebe es nur in Horrorbüchern. Und Filmen.

Sie schiebt ihre Brille rauf und runter. Beschäftigt sich weiter mit ihren Nägeln. Ich nehme meinen Fuß vom Gaspedal. Schalte den Wagen herunter.

Ich könne ihr keine Angst machen, sagt sie, und knipst weiter.

Ich lasse den Wagen an den Straßenrand rollen.

„Warum sollte ich jemanden in der Gegend herumkutschieren, der mich für unausstehlich hält, Rilke mit Trakl vergleicht und mich mit seinen Fingernägeln attackiert?"

Sie sei nicht jemand. Und es sei allein meine Schuld, wenn sie unkontrolliert an ihren Fingernägeln schneide. Dabei habe sie sich noch nicht einmal in den Finger geschnitten. Von wegen Blut und so.

„Dann ist es wohl besser, wenn ich Sie vorher aussteigen lasse."

Ich wolle sie hier aussetzen? Nur weil ich die Wahrheit nicht vertrüge?

„Die Wahrheit?"

Dass sie mich für unausstehlich halte.

„Das ist Ihre Wahrheit! Nicht meine. Warum haben Sie sich übrigens schlafend gestellt, als wir die Grenze passierten?"

Sie dreht sich abrupt zu mir hin.

Wie ich denn jetzt darauf komme?

„Sie haben sich schlafend gestellt. Sie haben sogar absichtlich geschnarcht. Um überzeugender zu wirken."

Sie schnarche niemals. Weder absichtlich noch unabsichtlich.

„Sehen Sie, das nun ist wieder Ihre Wahrheit."

So wie es meine Wahrheit sei, dass sie sich schlafend gestellt und geschnarcht habe, grummelt sie.

„Die Wahrheit ist, dass du schnarchst," schaltet sich Teresa jetzt wieder ein.

Ich schnarche nicht.

„Das meinen alle, die schnarchen."

Wahrscheinlich haben sie recht, sonst würden sie es nicht behaupten.

„Das ist lächerlich, Philipp! Wenn alle recht hätten, die was behaupten…"

Wie auch immer. Sie sei es, die schnarche.

„Ich? Das ist doch jetzt nur eine billige Retourkutsche."

Sie sei es, die von Wahrheit spreche. Und die Wahrheit sei, dass sie schnarche. Jede Nacht.

„Wie kommt es dann, dass ich dich jede Nacht schnarchen höre?"

Wie könne sie mich schnarchen hören, wenn sie selbst schnarche? Vielleicht schnarchten wir ja beide, aber zeitversetzt, räume ich ein.

„Ich hör nur dich," sagt Teresa.

„Es gibt nur eine Wahrheit," sage ich.

Mag sein, räumt meine Mitfahrerin ein. Da aber die Sichtweisen auf sie unterschiedlich sind, relativiere sich ihr Absolutheitsanspruch.

„Das ändert nichts daran, dass es nur eine Wahrheit gibt. Jenseits aller Interpretationen."

Die meine vermutlich, sagt meine Mitfahrerin.

Wenigstens verstaut sie jetzt ihren Nagelknipser wieder. Ich erhöhe die Geschwindigkeit meines Wagens.

Was ich über die Stille der Dunkelheit gesagt habe, gefalle ihr, sagt meine Mitfahrerin unerwartet, es gebe da eine Stelle bei Rilke, '… und trinken Fahrt und Nacht' ".

„Ich sagte, Stille der Nachtfahrten. Nicht Stille der Dunkelheit. Und wie ich es befürchtet habe. Die Stelle, die Sie erwähnen, befindet sich in den ‚Astern' von Gottfried Benn."

Dann eben Benn. Mannomann, ich sei wirklich unausstehlich. Zischt sie gegen die Frontscheibe.

„Weil ich Rilke einen Vers abspreche, den Benn geschrieben hat?"

Es hat wieder zu regnen begonnen. Sie lässt das Seitenfenster jetzt ganz herunter. Der Fahrtwind verhängt sich in den Regentropfen. Sprüht sie lautlos ins Wageninnere.

Vielleicht wäre ich ja weniger unausstehlich, wäre da nicht noch jemand, der unsichtbar im Wagen säße.

„Noch jemand im Wagen? Wie kommen Sie denn darauf? Wer soll denn außer uns beiden noch mit im Wagen sein?"

Ich meinte wohl, sie würde nicht merken, dass ich mich in einem fortwährenden Zwiegespräch befände.

„Aber natürlich befinden wir uns in einem Zwiegespräch."

Nein, nein, sie meine nicht unseres. Da gebe es noch jemanden. Mit dem ich mich auseinandersetzte.

"Noch jemanden? Sehen Sie, außer uns beiden, noch einen anderen im Auto?"

Sie habe ja bereits erwähnt: unsichtbar. Als würde ich mit jemandem streiten.

„Unsinn! Mit wem sollte ich denn streiten?"

Sie zuckt die Schultern.

Mit einer oder meiner Frau? Einer Freundin? Einem Freund. Gut streiten könne man nur mit jemand Vertrauten.

„Gut streiten?"

Als erkenne sie mögliche Konsequenzen aus ihren Mutmaßungen, verstummt sie. Räkelt sich seitlich auf ihrem Sitz. Und malt abstrakte Figuren auf das beschlagene Seitenfenster.

Streit brauche Nähe, um Distanz zu schaffen, die sie provoziert, brummelt sie hinterher und zieht einen Kreis um ihre Figuren.

„Und worüber sollte ich mit diesem oder dieser Vertrauten streiten?"

Was weiß ich? Da gebe es viele Themen. Warum man bei Ostwind zu Kopfschmerzen neige? Bei Südwind immer weinen müsse. Und aus unerklärlichen Gründen Glücksgefühle in einem wach werden. Warum man beim Anblick einer schwarzen Katze vom Glauben abfalle. Warum man dies oder jenes so und entgegen besseren Wissens nicht anders mache. Oder bei Beginn der Abenddämmerung durchzudrehen anfange.

Ich trete auf das Bremspedal.

„Abenddämmerung? Wie kommen Sie jetzt darauf?"

Ihr Gesicht schwebt schemenhaft im Seitenfenster.

Nur so, sagt sie. Irgendetwas treibe doch jeden um. Und es gibt nichts, worüber man nicht streiten könne. Kein Grund, so ruckartig abzubremsen.

Das singende Abrollgeräusch der Reifen und der gegen die Windschutzscheibe drängende Fahrtwind unterstreichen die Stille der Ebene.

„Aber warum gerade Abenddämmerung?" frage ich nochmal nach.

Nur so. Sie habe ja auch noch andere Phänomene erwähnt. Es gebe da eine Stelle bei Rilke. Vom Singen der Dinge...

„... das wir zerstören, wenn wir sie benennen. Ich kenne das Gedicht."

Dann verstünde ich ja, was sie meine.

„Nein. Ich verstehe nicht, was Sie meinen."

Vielleicht sei da ja auch niemand, mit dem ich mich auseinandersetzte. Nur eine verinnerlichte Souffleuse, die mein Gesagtes fortwährend korrigiere.

„Das verstehe ich jetzt erst recht nicht."

Nun, seufzt sie, dann ist das eben so.

Einige Minuten sitzen wir schweigend nebeneinander. Starren in die Dunkelheit, die die Scheinwerfer vor uns herschieben. Warmer Strohgeruch strömt von den abgeernteten Feldern zu uns herein. Mit ihm kriecht die Weite der Ebene hinein. Füllt die Fahrkabine.

Wenn es denn überhaupt existierte, sagt sie.

„Wenn was existierte?"

Was wir singen zu hören glauben, sagt sie.

„Genügt es denn nicht, wenn wir es zu hören glauben?"

Sie dreht sich zu mir hin. Ich sehe das Glitzern ihrer Augen.

Ja, vielleicht. Sagt sie.

Ihr Blick fixiert mich noch eine Weile.

Jedenfalls habe sie während der gesamten Autofahrt den Eindruck, dass ich mit noch jemandem im Zwiegespräch sei. Sagt sie. Niest ein paarmal hintereinander. Umklammert ihren Handsack. Dann ihre Knie.

Vielleicht sei es ja auch nur das Blubbern meiner Gedanken, das sie wahrnehme. Fügt sie hinzu.

„Das Blubbern meiner Gedanken?"

Ja, das Blubbern meiner Gedanken. Wiederholt sie und lehnt sich wieder zurück. Ja, das sei es wohl. Und da ich nun schon mal abgebremst habe, möge ich doch bitte kurz dort vorne anhalten.

„Anhalten?"

Eben befürchtete sie noch, ausgesetzt zu werden. Jetzt will sie auf einmal aussteigen. Und ich habe überhaupt nicht abgebremst.

„Du hängst in den Koordinaten deiner eigenen Logik," redet Teresa wieder dazwischen, „sie lässt dir keinen Spielraum für unerwartete Wechsel und überraschende Wendungen."

Meine Logik? Logik sei die allgemein anerkannte Methode, Gesetzmäßigkeiten innerhalb derer die Welt funktioniere zu erkennen, einzuordnen und Schlüsse daraus zu ziehen."

„Unsinn," sagt Teresa, „Logik ist, was sich einige gewitzte Köpfe ausgedacht haben, um die Welt nach ihrem Gutdünken zu gängeln. Was ihnen, ohne dass sie es merken, meist nicht einmal zu ihrem eigenen Vorteil gereicht. Glücklicherweise kümmert sich das Gros der Menschen nicht darum."

Was die Logik nicht außer Kraft setze. Der Wind bläst auch dann weiter, wenn man ihn nicht wahrnimmt. Oder wegignoriert.

„Aber du begibst dich unter ihr Joch. Statt dich ihrer zu bedienen, lässt du dich von ihr beherrschen. Lass den Dingen, die laufen, ihren Lauf. Und bring jene, die nicht laufen, ins Laufen. Und nicht umgekehrt."

Worauf sie hinauswolle.

„Na, dass es bestenfalls unklug ist, einen Tank tröpfchenweise zu befüllen, wenn man sich auf unklare Fahrt begibt. Nur weil es einem selbstauferlegten Prinzip genügt."

Ob ich noch immer behaupten wolle, mit niemandem im Zwiegespräch zu sein? Fragt meine Mitfahrerin.

„Warum fangen Sie wieder damit an?"

Nur so. Sagt sie. Es gehe sie ja nichts an. Wenn ich es selbst nicht wahrnehme, sei das meine Sache. Und ich möge doch nun bitte anhalten. Sie müsse mal eben. Sagt sie mit gepresster Stimme und wedelt mit beiden Händen neben ihren Hüften.

„Was soll das nun wieder heißen, Sie müssen mal?"

Sie müsse eben mal.

Na, für kleine Mädchen eben.

„Kleine Mädchen? Wovon sprechen Sie?

Mannomann! So begriffsstutzig kann man doch nicht sein. Sie müsse pinkeln. Und das dringend.

„Ach so. Warum reden Sie denn um den heißen Brei? Es müsste sowieso bald eine Tankstelle auftauchen. Ich muss ebenso dringend tanken."

Nein, nein. Unmöglich. Stöhnt sie. Bis zur nächsten Tankstelle halte sie es nicht mehr aus. Aber weiter vorne gebe es eine geschützte Parkbucht. Es-sei-wirklich-sehr-dringend.

„Sie scheinen die Strecke ja gut zu kennen."

Dort gleich da vorne. Sagt sie. Bitte!

Tatsächlich erfassen die Scheinwerfer eine mit Büschen gesäumte Einbuchtung. Ich gehe vom Gaspedal. Lenke den Wagen nach rechts. Lasse ihn an der Böschung entlang ausrollen. Und stelle den Motor ab.

Als meine Mitfahrerin die Tür öffnet, dringt ein knisterndes Geräusch von den mannshohen Büschen herein.

Sie zögert.

„Was ist nun? Wollen Sie? Oder wollen Sie nicht?"

Das habe nichts mit wollen zu tun, sagt sie. Ob ich nicht auch die Geräusche gehört habe?

Rehe, Hunde, Hasen, denke ich.

„Irgendwelche Tiere," sage ich, „nun gehen Sie schon!"

Sie schüttelt den Kopf.

Da bewege sich was bei den Büschen, beharrt sie. Und hält weiter ihren Bauch fest.

Gemeinsam beobachten wir die zitternden Zweige.

Ich schalte das Licht aus.

Nicht, flüstert sie. Und berührt meine rechte Hand, die noch auf dem Lenkrad ruht.

Ihre Hand ist eiskalt. Ich drücke den Hebel wieder herunter. Die Scheinwerfer schießen auf die Büsche zu. Lecken über die abgemähten Felder.

„Müssen Sie nun? Oder müssen Sie nicht?"

Sie zieht ihre Hand wieder zurück.

Ob ich es nicht auch hörte? Da sei so ein Knistern.

„Tiere," sage ich nochmal, „vermutlich Katzen."

Katzen? In dieser Einöde?

„Dann vermutlich eine nächtliche Böe. Jetzt gehen Sie doch endlich! Ich dachte es sei so dringend."

Sie nickt. Legt ihre Hand auf den Türgriff.

„Damit wir endlich weiterfahren können," füge ich hinzu.

Obwohl wir ja beide nicht wissen, wohin wir fahren, sagt sie.

Sie zupft am unteren Saum ihres Röckchens. Drückt zögernd die Beifahrertür nach außen. Dreht sich zu mir um. Hält in der Bewegung inne. Ihr rechter Fuß verharrt schwebend über der Erde. Dabei schiebt sich ihr Rock noch mehr nach oben. Und sie versucht ihn wieder runterzuziehen. Wie in Zeitlupe senkt sich ihr rechter Fuß nach unten. Erreicht schließlich festen Boden. Sie zieht das linke Bein nach. Bückt sich. Dreht sich nochmal zu mir um. Ich sehe zwei Reihen kleiner spitzer Zähne, das Glitzern ihrer Augen. Und ihre struppigen Haare, die sich in allen Regenbogenfarben wie eine Krone über ihrem Kopf erheben. Ihr Gesicht kann ich nicht erkennen.

Ich würde ihr Bedürfnis doch nicht etwa ausnutzen? sagt sie zögernd. Nein, nein, bestätigt sie sich selbst. Ich setzte keine kleinen Mädchen in der Wildnis aus. Dafür sei ich zu sensibel."

„Empfindlich," korrigiere ich.

Das sei doch ein und dasselbe.

„Sensibilität richtet sich nach außen. Empfindlich ist man nur gegen sich selbst."

Ihre Zahnreihen verschwinden. Jetzt sehe ich nur noch ihre Brille durchs Dunkel schillern. Sie schaukelt ein paar Schritte auf den Böschungsrand zu. Zupft wieder an ihrem Rock. Zögert. Kommt nochmal zurück. Beugt sich durchs offene Seitenfenster. Verstaut die Brille in ihrem Handsack. Wirft einen forschenden Blick auf mich. Mit verhaltenen Schritten stakst sie zwischen den beiden Lichtbahnen der Scheinwerfer auf die Büsche zu. Als behindere sie etwas beim Ausschreiten. Wie Frauen auf Stöckelschuhen in einem beengenden Abendkleid. Oder in einer zu straffen Uniform.

Ich trommele mit den Handballen auf das Lenkrad. Beobachte wie sie hinter dem schwarzen Blätterdickicht verschwindet. Dann sehe auch ich, wie ein Zittern durch die Büsche geht. Ach was, meine Augen sind irritiert von der Nachtfahrt! Sage ich mir. Drücke mit den Fingerkuppen auf meine Augäpfel. Als ich meine Augen wieder freigebe, ist alles wie zuvor. Die Parkbucht. Die Böschung. Der leere Beifahrersitz. Die Büsche stehen unbeweglich um mich herum.

Minuten verrinnen.

Ich knipse das Innenlicht an.

Dann steige auch ich aus. Strecke mich. Taste mich am warmen Blech der Karosserie entlang auf die Büsche zu. Stoße gegen stocherige Wurzeln.

Plötzlich durchbrechen das laute Aufheulen eines Motors und das Jaulen durchdrehender Reifen die Stille. Gestank nach verbranntem Gummi hüllt mich ein. Bis ein sanfter Nachtwind Geruch und Lärm mit sich fortreißt. Satter Duft von trockenem Stroh und aufgerissener Erde weht heran. Juckt in meinen Nasenlöchern. Ich niese.

Das Motorgeräusch verliert sich an den Rändern des sternenübersäten Nachthimmels. Auf den abgemähten Feldern liegt matter Glanz. Jetzt verblassen auch die Lichtbahnen der Scheinwerfer. Die Stille kehrt zurück. Von weit oben am Firmament blinzelt der Große Wagen auf die leere Ebene herunter.

Der Große Wagen

Erst nach einer Weile bemerke ich, dass die Stille voller Geräusche ist. Nachtgetier gurrt, piepst und schmatzt in den Büschen. Blätter und Zweige rascheln und knistern.

„Rehe, Hunde, Hasen, Katzen," brumme ich vor mich hin.

„Und Böen," haucht ihre Stimme dicht neben mir. Wo vor kurzem noch mein Wagen stand.

Lauer Nachtwind schaukelt das helle Klingeln der Grillen an meine Ohren. Der Geruch von Stroh kriecht in meine Nase.

Meine Augen fangen an, sich an die mondlose Finsternis zu gewöhnen. Die Silhouette meiner Begleiterin vibriert gegen die schimmernde Weite. Ein Windstoß zerrt an ihrem T-Shirt, plustert es auf. Durchfurcht ihre Haare. Noch immer kann ich ihr Gesicht nicht erkennen. Ich höre unsere Atemzüge leicht versetzt ineinanderfließen. Die Zeit steht. Nichts deutet darauf hin, wie wir hierher gelangt sind. Und wie wir uns jemals wieder von hier wegbewegen werden.

„Es scheint Ihnen nichts auszumachen, dass wir hier in dieser Einöde die Nacht zusammen verbringen müssen," unterbricht sie den Choral der nächtlichen Geräusche.

„Sollte es das?"

Sie geht einmal um mich herum. Stellt sich mit dem Rücken zu mir. Schaut lange in den Nachthimmel. Als zähle sie die Sterne. Und schüttelt den Kopf.

„So cool sind Sie nicht."

„Woher wollen Sie das wissen?"

„Dass Sie nicht cool sind?" fragt sie.

„Dass wir hier die Nacht gemeinsam verbringen müssen."

Sie breitet die Arme aus. Ihre Handflächen leuchten in der Dunkelheit.

„Sehen Sie irgendwo eine menschliche Siedlung?"

Ich sehe nur ihre Handflächen.

„Hab *ich* uns etwa in diese Situation gebracht?"

„Ah, na klar," sagt sie, „Sie denken, *ich* steckte dahinter."

„Natürlich. Und um zu vertuschen, was sie im Schilde führen, suchen Sie nach etwas, dessen Sie mich bezichtigen können. Um mich bei meinen Überlegungen über den Verursacher unseres Ausgesetztseins von sich selbst abzulenken."

„Das passt zu Ihrem verqueren Sprachgebrauch, "sagt sie, „und in Ihr Bild."

„Welches Bild?"

„Das Sie sich von mir gemacht haben."

Sie umrundet mich noch ein paarmal. Bleibt dann hinter mir stehen. Ich scharre mit meinen Schuhen im splittigen Kies der Parkbucht. In den nassen Steinchen spiegelt sich der Sternenhimmel.

„Das trauen Sie mir also zu?" sagt sie.

„Wem sollte ich es sonst zutrauen?"

„Dem, der es war, natürlich."

„Und wer war es?" frage ich.

„Nun, ich bin noch da."

„Ja, Sie sind noch da. Und mein Wagen brummt irgendwo dahinten in der Ferne."

„Ich kann es also nicht gewesen sein."

„Sie spielen sie miserabel," sage ich.

„Wie bitte? Ich spiele was?"

„Die dem Fernsehen abgeguckte Rolle der Kommissarin. Die bereits weiß, wer der Täter ist. Und so tun muss, als wüsste sie es nicht."

„Was sollte ich denn wissen?"

„Ja, was sollten Sie wissen."

Ich durchsuche meine Hosentaschen. Meine Parkataschen. Keine Ahnung, wonach ich suche. Ich suche trotzdem weiter.

„Und ich dachte, wir wären mutterseelenallein in der Ebene," sagt sie.

Ich spüre ihren Atem in meinem Nacken.

„Dachten Sie nicht. Sie haben doch was dort in den Büschen vermutet."

Sie stapft wieder um mich herum. In ihren Augen sehe ich die Sterne.

„Ja, die Zweige haben sich bewegt. Und da war so ein Knistern."

„Eben. Da war so ein Knistern."

Ihre Anwesenheit kreist mich ein. Ich schließe die Augen. Denke mich an den äußersten Rand der Ebene hinaus. Schaue auf uns zurück. Sehe zwei mit der Erde verwachsene Monolithen. Die sich im Silberlicht gegenüberstehen. Und sich nicht begegnen können.

„Hallo! Sind Sie noch da?" sagt sie leise. Und bewegt ihre beiden Hände vor meinen Augen.

„Jemand muss im Gebüsch auf uns gelauert haben," sage ich.

„Wer will mitten in der Nacht in dieser gottverlassenen Gegend auf so eine Gelegenheit gehofft haben?"

„Sie ist nicht mehr von Gott verlassen als jeder andere Ort," sage ich.

„Ja, wenn Sie das so sehen," sagt sie.

Ich bücke mich und betaste den feuchten Boden um meine Schuhe herum.

„Es sei denn..."

Der Strohgeruch kitzelt in meinen Nasenlöchern. Ich muss niesen.

„Es sei denn, er war darauf vorbereitet."

„Wer?"

„Er, der jetzt in meinem Auto sitzt. Er muss gewusst haben, dass wir hier halten würden."

„Er?"

„Der Dieb."

„Es könnte auch eine Diebin gewesen sein."

„Interessanter Aspekt. Aber Dieb oder Diebin, was spielt das jetzt für eine Rolle?"

„Ich schließe daraus, dass die Welt für Sie männlich ist."

„Herrgott! Ist das der richtige Augenblick...?"

„Sehen Sie! Selbst Gott ist für Sie männlich."

„Bitteschön! Es steht Ihnen frei, sich an Göttinnen zu wenden. Ich bin beeindruckt, wie Sie von den Gegebenheiten ablenken, denen wir hier ausgeliefert sind."

„Hör ich da wieder etwas zwischen Ihren Worten?" fragt sie lauernd.

„Wer bat mich denn, in dieser Bucht anzuhalten?"

„Sie glauben also tatsächlich, ich stecke mit der Diebin oder dem Dieb unter einer Decke?"

„Haben Sie eine plausiblere Erklärung?"

„Und warum bin ich dann noch hier?"

„Sie vertuschen damit Ihre Teilnahme an dem Coup."

„An welchem Coup denn?"

„Was weiß ich? Sagen Sie es mir!"

„Warum sollte ich mich freiwillig in eine so ungute Situation gebracht haben?"

„Vielleicht ist es ja nicht freiwillig. Jemand hat Sie unter Druck gesetzt."

Ihre Augen leuchten wie kleine Monde vor dem sternenübersäten Himmel.

„Mich? Unter Druck gesetzt?" lacht sie, „Sie geben aber auch keinen besseren Kommissar ab."

Sie wendet sich von mir ab. Und läuft los.

„Wir sollten in der Nähe der Straße bleiben," rufe ich ihr hinterher.

„Um diese Zeit kommt hier niemand mehr vorbei."

„Ah ja? Und woher wissen Sie das?" frage ich.

„Ich weiß es eben. Das einzige Auto weit und breit fährt gerade irgendwo dort vorne."

Sie läuft weiter in die Ebene hinein. Ich laufe hinter ihr her.

„Kann sein," rufe ich, „dass lange kein Auto hier vorbeikommt. Aber auf den Wiesen und Feldern wird uns erst recht niemand begegnen."

„Ein Bauer wird uns auflesen," ruft sie zurück.

„Nachts schlafen die Bauern."

„Dann gehe ich eben bis es Tag wird."

„Auch tagsüber wird kein Bauer kommen. Die Felder sind abgeerntet. Die Wiesen abgemäht. Soweit man das im Sternenlicht erkennen kann."

Die Wiesen gehen nahtlos in Felder über. Sie stakst weiter vorwärts. Ich stolpere hinter ihr her.

„Ja, soweit man sehen kann. Irgendwo wird es auf dieser Ebene irgendwen oder irgendwas geben, auch wenn die Nacht es vor uns verbirgt," ruft sie. Und dann:

„Dort! Am Horizont!"

Ich lasse meinen Blick über die Ebene wandern. Und sehe zwei Lichtpunkte, die schnell größer werden. Als ich zur Straße zurücklaufen will, stellt sich mir meine ehemalige Mitfahrerin in den Weg. Presst meine Hände zusammen. Hält sie wie in einem Schraubstock fest. So viel Kraft hätte ich ihr nicht zugetraut. Erst als die Scheinwerfer an uns vorbeihuschen, lockert sie ihren Griff.

Die Nachtgeräusche sind verstummt.

„Was soll das jetzt? Warum haben Sie mich zurückgehalten? Vielleicht war es der Dieb oder die Diebin?" sage ich aufgebracht. Schaue den rasch kleiner werdenden roten Lichtern nach. Greife nach ihren Schultern. Lasse meine Arme wieder sinken, bevor ich sie erreicht habe.

„Genau das habe ich befürchtet," sagt sie, „glauben Sie allen Ernstes, der Dieb oder die Diebin kämen zurück, um Ihnen Ihr Auto wiederzubringen?"

„Es gibt nichts von Wert in meinem Wagen. Sie haben festgestellt, dass sie ein altes wertloses Fahrzeug geklaut haben."

„Und wollten es reumütig zurückbringen? Wie naiv muss man sein, um auf diesen Gedanken zu kommen!" ruft sie in die Nacht hinaus.

„Sie lotsen mich in diese Parkbucht. Wenige Minuten darauf fährt jemand mit meinem Auto davon. Sie behaupten, damit nichts zu tun zu haben. Das angeblich Unwahrscheinliche geschieht, Scheinwerfer kündigen ein Fahrzeug an. Und Sie halten mich hier fest, bis es vorbeigefahren ist. Und es fällt Ihnen nichts anderes ein, als mich naiv zu nennen? Nur weil ich das Nächstliegende annehme?"

Ihre Silhouette flirrt vor dem sternenübersäten Horizont.

„So oder so wird der Dieb oder die Diebin nicht weit kommen," sage ich.

„Ah ja?"

„Es waren nur noch wenige Liter im Tank."

„Da muss ich Sie enttäuschen. Bereits wenige Kilometer nach der Parkbucht kommt eine Tankstelle. Bis dahin dürfte der Sprit noch gereicht haben."

„Was reden Sie da?"

„Die Diebin oder der Dieb hat Ihr Auto längst wieder vollgetankt."

Und jetzt spüre ich, wie Wut in mir aufsteigt.

„Sie wollten, dass ich mitten im Nichts anhalte. Obwohl es in allernächster Nähe eine kommodere Möglichkeit für Sie gegeben hätte, Ihre Notdurft zu verrichten?"

„Kommod! Notdurft verrichten! Was für altbackene Ausdrücke Sie verwenden!" sagt sie, „bleiben Sie cool! Ich versichere Ihnen, die Diebin oder der Dieb wollten Ihr Auto nicht zurückbringen! Das können Sie Anna glauben!"

„Sie scheinen ja über die Absichten von Dieb oder Diebin genauestens Bescheid zu wissen."

„Anna," sagt sie, „ich bin Anna."

„Wir stehen hier mitten in der Nacht abseits aller menschlichen Siedlungen. Sie streiten entschieden ab, mit dem Diebstahl meines Autos was zu tun zu haben. Behaupten aber genau zu wissen, was der Dieb oder die Diebin vorhaben. Oder nicht vorhaben. Und nennen mir auf all diese Ungereimtheiten jetzt Ihren Namen?"

„Anna," wiederholt sie, „ein ,Anna' am Ende Ihres Satzes, würde mich wissen lassen, dass Sie mich meinen, wenn Sie in die Dunkelheit hineinsprechen."

Ich sauge den herben Strohgeruch tief in meine Lungen. Und stoße meine Wut mit dem Ausatmen aus mir heraus.

„Gibt es sonst noch jemand in dieser öden Weite?"

„Natürlich," lacht sie.

Ein Fingernagel leuchtet vor meinem Gesicht auf.

„Das ist nicht komisch. Gar nicht komisch. Anna!"

„So nicht! Sie schießen meinen Namen wie einen Pfeil gegen mich ab."

„Wundert Sie das? Mein Auto ist verschwunden. Sie dagegen sind noch da."

„Umgekehrt wäre es Ihnen wohl lieber?"

„Aber ja! Anna! Das wäre mir lieber. Am liebsten wäre es mir, ich hätte Sie gar nicht mitgenommen. Anna."

„Sie haben mich aber mitgenommen," sagt sie, „und ich habe Sie nicht einmal darum gebeten."

Ja. Sie hat recht. Denke ich. Warum habe ich angehalten?

Meine Augen gewöhnen sich immer mehr an die Dunkelheit. Die Asphaltstraße durchfurcht wie ein schwarzer Abgrund die sich im fahlen Licht dehnende Ebene.

„Überlegen Sie doch mal! Wie hätte ich wissen sollen, dass Sie aussteigen würden?" sagt sie.

„Und was, wenn ich im Auto sitzengeblieben wäre?"

„Das will ich mir lieber nicht vorstellen," sagt sie.

„Warum sagen Sie das? Was wollen Sie sich nicht vorstellen?" frage ich.

„Nichts," sagt sie, „ich will mir gar nichts vorstellen."

Heiseres Bellen schallt über die Ebene auf uns zu.

„Was ist das?" flüstert sie und dreht sich zu mir um.

„Füchse. Vielleicht auch Rehe. Vermutlich. Aber Sie weichen meiner Frage aus."

„So viele Sterne habe ich noch nie gesehen," flüstert sie.

„Ich wollte mir das nicht vorstellen. Wie vieles andere auch. Schauen Sie doch mal hoch. Ist das nicht überwältigend, was wir hier sehen dürfen?"

Ich schaue nach oben. Die zitternden Lichtpunkte verdrängen die schwarzen Zwischenräume. Bald werden alle Lichtpunkte dort oben zu einem einzigen Lichtschein verschmolzen sein.

Sie steht jetzt so nahe neben mir, dass ihr Atem in meinem Ohr kribbelt.

„Überall um uns herum. Auch jenseits der Rundung am Horizont. Kleine und große unbekannte und unerreichbare Welten. Nach allen Seiten hin. Auch unter uns," sagt sie, als wären wir auf einem Ausflug zum Sternegucken unterwegs.

„Wir kleben hier auf der Ebene fest. Was nützen uns die Welten um uns herum?"

„Nichts," sagt sie und entfernt sich ein paar Schritte, „sie nützen uns nichts. Sie blinken uns an."

„Sie wussten, dass ich aussteigen würde, um nun wieder auf die für uns relevante Wirklichkeit zurückzukommen," sage ich, „Männer steigen immer aus, wenn sie anhalten."

„Tun sie das?" sagt sie abwesend. Starrt weiter nach oben. Und zieht meinen Blick mit sich hoch.

Ich muss zugeben, der Sternenhimmel ist beeindruckend.

„Ich weiß, Sie glauben immer noch an diesen sogenannten Coup, den ich angeblich eingefädelt habe," sagt sie leise, „und wie soll dieser Coup nun weiter voranschreiten? Ihrer Ansicht nach?"

„Wenn man nichts weiß, muss man alles glauben, - Anna."

„Schon besser. Sie schaffen es schon noch."

„Schaffen? Was?"

„Meinen Namen in ihre an mich gerichtete Rede einzufügen. Diesmal kippten Sie ihn nicht wie Abfall hinterher. Haben Sie vielleicht auch einen Namen?"

„Ja. Ich habe einen Namen. Wie wohl die meisten Menschen. Sie werden uns schon vor unserer Geburt angeheftet. Wir werden nicht gefragt, ob wir damit einverstanden sind. Haben wir uns in dieser verfahrenen Situation nichts Nützlicheres mitzuteilen?"

„Verfahren," sagt sie und zeigt mir ihre Zähne, „ja, das kommt der Sache ziemlich nahe."

„Der Sache?"

Sie wendet sich ab. Trippelt zurück zu der Stelle, wo mein Auto stand. Zögert einen Augenblick, als begreife sie erst jetzt, dass ein Wiedereinsteigen nicht mehr möglich ist. Tänzelt auf die schnurgerade Straße zu. Wechselt mehrmals die Richtung. Als vergewissere sie sich, ob sie das wie ein dunkler Graben zwischen uns liegende Asphaltband gefahrlos überqueren könne.

„Vielleicht geht es ja gar nicht um Ihr Auto," tönt sie über die gemähten Felder hinweg. Und hält mitten im nächsten Schritt inne. Als habe sie ein wildes Tier oder irgendein anderes furcherregendes Wesen gesichtet. Oder etwas gesagt, was sie nicht sagen wollte.

Sie wendet sich um. Kommt mit schnellen Schritten wieder auf mich zu, diesmal ohne nach links und rechts zu schauen.

„Verstehen Sie, was ich meine?"

Sie steht jetzt so nahe vor mir, dass ich ihre Haut rieche.

„Nein. Anna. Ich verstehe es nicht."

Sie hebt ihre Arme über den Kopf. Wühlt in ihren Haaren.

„Ich auch nicht," sagt sie kichernd. Und lässt ihre Arme wieder herunterfallen.

Ihre Augen glänzen vor der schwarzen Kulisse der Büsche. Ich spüre die Weite um uns herum. Befreiend und bedrohlich zugleich.

„Sie und ich -" flüstert sie.

Ihre Finger streifen mein Hemd. Ich spüre das Beben ihrer Fingerspitzen auf meiner Haut.

„Wir alle sind nur winzige Teilchen im Räderwerk des Ganzen."

„Ah ja! Darauf wäre ich nie gekommen."

„Sie meinen, auch diese Erkenntnis nützt uns nichts?"

„Ja. Anna. Genau das denke ich."

„Es fällt schwer, bei diesem Sternenhimmel nicht nach oben zu schauen, finden Sie nicht auch?" sagt sie und streckt wieder beide Arme über sich. Als wolle sie den Himmel berühren. Oder auf uns herunterziehen.

„Aber unsere Wirklichkeit spielt sich hier unten ab. Mit all ihren Unannehmlichkeiten und Konsequenzen. Gut, da sind Sterne um uns herum. Von denen wir nachts einen winzigen Teil zu sehen bekommen. Manche trudeln durchs All. Andere klemmen darin fest. Aber wir sollten lieber darüber nachdenken, wie wir von hier wegkommen. Statt herumzustehen. Und nach oben zu starren."

„Sehen Sie doch! Der Orion," sagt sie unbeirrt, „er steht genau über uns."

„Ich kenne nur den Großen Wagen. Dort hinten über der Ebene. Den habe ich mir gemerkt, weil ich daran erkenne, wo Norden ist."

Während wir weiter nach oben starren, denke ich an *meinen* Wagen. Der jetzt hinter dem Horizont irgendwohin fährt. Ohne mich.

„Und was nützt Ihnen das in dieser Situation?" flüstert sie kaum hörbar. Als würden uns die Sterne belauschen.

„Nützen?"

„Dass Sie wissen, wo Norden ist?"

75

Und jetzt sind auch die verschiedenen Nachtgeräusche wieder da. Das Klingeln der Grillen schaukelt über sie hinweg.

Sie hat recht. Denke ich. Was nützt es mir.

„Die zitternden Lichtpunkte dort oben verschwimmen immer mehr ineinander. Und kommen sich doch nicht näher," sagt sie träumerisch.

„Wer immer es war, er wusste Bescheid," sage ich.

„Bescheid? Wovon sprechen Sie? Wer wusste worüber Bescheid?"

„Der Dieb. Dass wir hier vorbeikommen und anhalten würden."

„Sie meinen also immer noch, ich hätte was damit zu tun? Warum sollte ich mir das antun? Sehen Sie denn nicht, dass wir *beide* hier ausgesetzt sind?"

Ich fühle ihren fauchenden Atem auf meinem Gesicht.

„Das ist unlogisch! Begreifen Sie das nicht?"

„Ich fühle mich keiner Logik verpflichtet."

Sie stößt einen glucksenden Laut aus. Ihre kleinen weißen Zähne blecken mich an. Wie die eines Raubtiers. Ihr Gesicht glänzt im silbrigen Nachtlicht. Ihre Anwesenheit kreist mich ein.

Dann plötzlich geht ein Vibrieren durch ihren Körper.

„Wir bekommen noch eine Chance!" flüstert sie gegen meine Lippen.

Dann sehe auch ich die Lichtbahnen in der Ferne. Das Röhren eines Motors drängt die Nachtgeräusche beiseite.

„Ich weiß nicht," sage ich.

„Was soll das heißen, Sie wissen nicht? Schauen Sie dort hinten! Ich verspreche, Sie diesmal nicht festzuhalten."

Das Motorgeräusch kommt näher.

„Das ist mein Wagen, der da auf uns zufährt. Ich erkenne den Klang des Motors."

„Auf diese Entfernung?"

„Glauben Sie mir, ich erkenne ihn!"

Sie packt mich am Handgelenk. Ihre Finger beben.

„Dann müssen wir von hier weg!" sagt sie, schnell!"

Die Scheinwerfer tasten sich durch die Dunkelheit. Fingern auf uns zu.

Anna zerrt an meiner Hand. Mit meiner freien Hand drücke ich gegen ihre Schulter. Ich höre ihren stoßartigen Atem. Spüre ihr Herz unter meiner Handfläche pochen. Sie flüstert mir etwas zu. Doch ihre Stimme ist so sehr mit Angst angefüllt, dass ihre Worte ineinander schwimmen. Ich gebe meinen Widerstand auf. Lasse mich von der Straße weg in die Ebene hinausziehen. Ihr Blut pulsiert durch ihre Finger in meine Hand.

Der abgehackte Schrei eines Nachtvogels unterbricht die Grillengesänge. Unterhalb des Großen Wagens flattern lautlose Leuchtfeuer über den Horizont. Donnergrollen mischt sich in das Brummen des Motors. Eine Sternschnuppe löst sich aus dem Universum, rast am Horizont entlang. Und verglüht. Während sich eine schwarze Wand langsam über die mir unbekannten Sternbilder schiebt. Bis schließlich auch der Große Wagen dahinter verschwindet. Die Ebene schrumpft zusammen. Die Luft steht still. Eine Flammensäule spaltet die Dunkelheit. Irrlichternde Wolkengebirge rollen heran. Krachen aufeinander. Dazwischen das lauter werdende Röhren des Motors. Die Scheinwerfer wischen über uns hinweg.

Während Anna den flammenden Blitzen entgegenrennt, verstummt das Motorgeräusch. Ich lasse mich von der Kraft ihrer Panik mitzerren. Erste dicke Tropfen klatschen auf unsere Köpfe. Dann öffnet sich der Himmel. Ich halte meinen trockenen Mund den Tropfen entgegen. Schlürfe sie gierig in mich hinein.

Immer mehr Blitze schießen von allen Seiten auf die Ebene. Spucken blauweiße Lichtfetzen zwischen uns. Es donnert jetzt ununterbrochen. Und noch immer bewegt sich kein Lufthauch. Die Wassermassen stürzen senkrecht herunter.

„Du hast Angst?"

Irritiert höre ich meinem Du nach. Doch sie schien schon darauf gewartet zu haben.

„Ja," flüstert sie, „du nicht?".

„Wovor?"

„Nicht vor dem, was da über uns tost," sagt sie.

Sturmböen heulen heran. Reißen die Worte von ihren Lippen.

„Solltest du aber," sage ich, „es gibt keinen Baum und nicht die kleinste Erhebung auf der Ebene."

„Und?"

„Meine Mutter hat immer gesagt, Blitze schlügen immer in die höchsten Stellen ein."

„Interessant. Aber was hat das mit uns und diesem Unwetter über uns zu tun?"

„Die höchsten Stellen sind wir."

Als ein Blitz in unmittelbarer Nähe an uns vorbei zischt, werfe ich mich auf die aufgeweichte Erde. Reiße Anna mit nach unten. Ihr Körper fällt auf meinen. Ich spüre wie ein elektrisierendes Kribbeln von ihrer Haut auf meine kriecht. Einen Augenblick lang scheinen unsere Körper wie zusammengeschweißt. Bis eine weitere Flammensäule neben uns auf die Ebene zielt. Annas schriller Aufschrei fällt mit dem Krachen des Donners zusammen. Die um uns herum kreisenden Blitze lassen ihre bunten Haarsträhnen noch bunter aufleuchten. Ich stochere mit meinen Fußspitzen und Fingern im Schlamm. Um uns vor den tobenden Naturgewalten in der Erde zu vergraben. Ein Blitzstrahl bringt die Tropfen auf ihrem Ohrläppchen zum Glänzen. Nicht lange genug, um ihr Gesicht zu erkennen. Im Durcheinander von panischer Angst und aufwallender Lust verirrt sich meine rechte Hand zwischen ihre Beine. Oder ist es ihre zwischen meinen? Der Regen spült uns immer mehr aneinander. Verwirrt über das unerwartete heftige Aufbäumen meines Körpers, versuche ich meine Hand zurückzuziehen. Aber unsere Arme und Beine sind zu sehr ineinander verschlungen. Was ist meine Hand? Was ist ihre?

Das ist nicht der richtige Ort und nicht der richtige Zeitpunkt. Denke ich.

Anna scheint es trotzdem gehört zu haben.

„Absolut nicht," sagt sie, als hätten sich meine Gedanken in ihr in Worte verwandelt. Sie leckt mit ihrer Zungenspitze die lauwarmen Tropfen aus meinem Nacken. Ihr T-Shirt klebt auf meiner Haut. Und während ununterbrochen Blitze auf die Ebene herunterzischen, kralle ich meine Fingernägel in die aufgebrochene Erde. Säuerlich schmeckende Wasserfäden tröpfeln aus ihren Haarsträhnen in meinen offenen Mund. Die Dunkelheit bettet sekundenlang einen schützenden Mantel um uns. Bis ihn neuerliche Blitze zerfetzen und die Ebene um uns taghell aufleuchtet. Polternde Donner rollen hinterher.

„Nasser als wir sind, können wir nicht mehr werden," flüstert Anna an mich heran. Und inmitten des tosenden Gepolters, denke ich noch, will ich das, was hier mit mir geschieht? Dann gleiten unsere Körper ineinander.

Bin ich in sie eingedrungen? Oder hat sie sich über mich gestülpt?

Als höre sie wieder die Gedanken in meinem Kopf rattern, legt sie ihre Hand auf meinen Mund. Wie unter den Stroboskoplampen einer Diskothek zucken ihre bunten Haarspitzen im kalten Licht der Blitze. In sanften rhythmischen Stößen drängt Anna mich aus meinem Körper. Bis ich nur noch ihren spüre. Als wäre mir meiner abhandengekommen. Und jetzt hören auch meine Gedanken auf zu rattern.

Irgendwann nehme ich den Wolkenbruch wieder wahr, der auf uns herunterprasselt. Dann verflüchtigt sich das Gewitter so schnell, wie es gekommen ist. Letzte Blitze zucken durch die Wolken. Schwimmen über die Ebene davon. Unwillig holpert der Donner hinter ihnen her. Und die Sterne lugen wieder hinter den Wolken hervor.

„Schau mal!" sagt sie, „dein Großer Wagen ist wieder da."

Ihre Worte katapultieren mich wieder in mich zurück.

„Am Himmel nützt er uns nichts," sage ich.

„Aber jetzt wissen wir wo Norden ist," kichert sie.

Ein letztes Wetterleuchten blinzelt zwischen Deichsel und oberer Wagenkante. Unsere Atemzüge fließen leicht versetzt ineinander. Schlamm und durchweichte Strohreste kleben auf unserer Haut und unseren Kleidern.

„Verrätst du mir vielleicht jetzt deinen Namen?" sagt sie.

Als ich mich hochrappeln will, merke ich, dass sich unsere Haarsträhnen ineinander verzwirbelt haben. Wie in einem exzentrischen Voodoo Tanz schütteln wir unsere Köpfe, um unsere Haare wieder frei zu bekommen. Wir ziehen uns gegenseitig aus dem Morast. Meine Schuhe sind voll Erdklumpen und Wasser und schülpern bei jedem Schritt. Während wir uns über den klebrigen Boden zur Parkbucht zurück schleppen, berühren sich immer wieder unsere hin und her schwingenden Hände. Die nassen Härchen auf ihrer Haut kitzeln auf meinem Handrücken.

„Philipp," sage ich.

„Philipp," wiederholt sie singend.

So wie sie es ausspricht, spüre ich einen anderen in mir.

„Aber auch *mein* Name wird uns hier nicht weiterhelfen," sage ich heiser.

„Ja, das wohl nicht," lacht sie, aber in ihrem Lachen schwingt etwas Bedrohliches mit.

Vermutlich hört sie es selber.

„Ich weiß ja nicht, wie *ich* aussehe; aber wenn ich so aussehe wie das, was ich von dir erkennen kann, würde ich mich vor mir selber fürchten."

„Ja, wahrscheinlich sehen wir wie Sumpfungeheuer aus. Wir sollten dankbar sein, dass uns die Dunkelheit einen genaueren Anblick aufeinander erspart. Wir hätten den letzten Guss als Dusche nutzen sollen."

„Nutzen?" fragt Anna, „wer von uns beiden hat vorhin an irgendwelchen Nutzen gedacht?"

Ich sehe, wie sie sich bückt. Ein schwappendes Geräusch ertönt. Dann tänzelt sie wieder auf mich zu. Fängt an, mit einem Grasbüschel auf mir herumzureiben. Bückt sich nochmal. Reißt ein weiteres Büschel aus der pappigen Erde. Und drückt es mir in die Hände.

Eine Weile reiben wir auf uns herum.

„Ich fürchte, wir verteilen nur gegenseitig den Schlamm auf unserer Haut, statt uns davon zu befreien."

„Du hast recht," lacht Anna und wischt weiter.

Ohne es zu bemerken haben wir, uns gegenseitig abwischend, die Parkbucht erreicht.

„Anna und Philipp. Hört sich das nicht gut an?" sagt Anna.

„Ich weiß nicht. Was soll sich daran gut anhören?" sage ich.

„Oh Mann, du bist wirklich unausstehlich!"

„Definitiv! Hattest du etwa zwischenzeitlich daran gezweifelt?"

Ihr Auflachen fällt mit dem dumpfen Schlagen einer Autotür zusammen. Anna presst ihr Grasbüschel auf meinen Mund.

„Pssst! Er ist zurückgekommen. Im Krachen der Donner haben wir es nicht gehört."

„Wer?" flüstere ich durch das Grasbüschel, „wer ist zurückgekommen?"

Das um uns herumtosende Gewitter hat die eine Wirklichkeit durch eine andere vorübergehend verdrängt.

Ich weiß nicht, ob Anna mir noch antwortet. Ein weiterer dumpfer Schlag ertönt. Ich spüre einen stechenden Schmerz in meinem Kopf. Als ich mich umdrehe, sehe ich, wie die Sterne auf mich herunterstürzen. Und alles wird schwarz um mich herum.

Teil 2

Die Ebene

Jenseits der Grenze

Geruch nach feuchter Erde lässt mich hochfahren. Erleichtert stelle ich fest, dass ich auf der Erde liege. Und nicht unter ihr. Jemand sitzt in meinem Kopf. Und klopft gegen die Schädeldecke.

Dunstschwaden wabern über der Ebene. Endlose Weite um mich herum. Und das sirrende Schweigen der Nacht in meinen Ohren. Das Klopfen in meinem Kopf nimmt zu. Und jetzt nehme ich auch meinen zitternden Körper wahr. Es ist kalt.

Ich erinnere mich. Drehe mich in alle Richtungen.

Wo ist meine Mitfahrerin? Wo ist Anna?

Meine Zunge klebt am Gaumen. Ich denke an die Mineralwasserflasche auf der Rückbank meines Autos. Als ich aufstehen will, nimmt das Hämmern in meinem Kopf zu. Der Schmerz drückt mich auf die feuchte Erde zurück. Ich krieche auf Händen und Knien auf das im fahlen Morgenlicht schimmernden Band der Straße zu. Das die Ebene in zwei Hälften teilt. Nichts und niemand weit und breit. Kein Hinweis, dass jemals jemand vor mir hier war.

Ich umschlinge meinen schlotternden Körper. Wer oder was klopft da in meinem Kopf herum? Wer oder was immer es ist, hier kann ich nicht bleiben. Aber wohin soll ich gehen? Und vor allem muss ich erst auf die Füße kommen. Um gehen zu können.

Ich klammere mich an stachelige Zweige. Bis es mir endlich gelingt, mich hochzurappeln. Die Dunstschwaden ziehen sich zurück. Wie ein bleigrauer See glänzt die Ebene. Am Horizont erscheint, noch kaum wahrnehmbar, ein violetter Streifen.

„Ich bin von Westen nach Osten gefahren. In dieser Richtung komme ich wieder zur Grenze zurück," sage ich. Und gehe los.

Ich weiß nicht, wie lange ich gegangen bin, als in der Ferne die Wachtürme aus dem Dunst über der Ebene auftauchen. Der violette Streifen am Himmel hat sich in einen rotgoldenen verwandelt. Ich erkenne die Grenzgebäude wieder. Erst am Schlagbaum fällt mir wieder ein, dass meine Ausweispapiere im Handschuhfach meines Autos liegen. Doch noch ehe ich weiter darüber nachdenken kann, kommt der Grenzer aus seinem Glaskasten auf mich zu. Auch ihn erkenne ich wieder. Er stellt sich breitbeinig vor mich hin. Beobachtet geduldig, wie ich meine Parka- und Hosentaschen durchsuche. Zerquetscht fremdklingende Worte zwischen seinen fast geschlossenen Lippen. Worauf ein weiterer Mann in Uniform aus dem Glaskasten auf uns zu schlendert. Obwohl ich weiß, dass ich meinen Ausweis dort nicht finden werde, durchsuche ich weiter meine Taschen.

Der erste Grenzer zeigt mit dem Finger auf mich. Und fängt zu prusten an. Der hinzugekommene macht ein paar Schritte in meine Richtung. Und fängt nun auch zu lachen an.

Ich betaste mein Gesicht. Spüre den verkrusteten Schlamm unter meinen Fingern. Und schaue an mir herunter. Im fahlen Licht des beginnenden Tages, sehe ich, dass ich über und über mit Schlamm verklebt bin.

Irgendwann hören die Grenzer auf zu lachen. Der eine schiebt sein Kinn seitwärts. Der andere drückt seinen Hinterkopf in den Nacken. Dann verschwinden sie in einer Baracke abseits des Glaskastens. Immer mehr Kälte sammelt sich unter meiner Haut. Ich trete von einem Fuß auf den anderen und beobachte, wie sich der Himmel gelblich färbt.

Die beiden Grenzer kommen zurück. Ich bemühe mich, meinen Körper stillzuhalten. Die sollen nicht denken, dass ich Angst vor ihnen habe. Einer der beiden hat einen Schlauch in der Hand. Richtet ihn auf mich. Kurz darauf trifft mich ein harter Wasserstrahl. Der Druck ist so heftig, dass ich rücklings auf die betonierte Fläche vor dem

Schlagbaum stürze. Der Grenzer kommt näher, schießt von allen Seiten weiter Wasser auf mich. Das Wasser ist so eisig, dass mein Atem aussetzt. Als er schließlich aufhört, mich mit dem Wasserstrahl vor sich her zu rollen, habe ich jedes Gefühl für meinen Körper verloren. Erst nach und nach fangen Millionen von kleinen Nadeln unter meiner Haut zu stechen an.

Ich stemme mich hoch.

In diesem Augenblick steigt der Sonnenball über den Horizont. Gießt rote Glut auf die Hinterköpfe der Grenzer. Und in mein Gesicht. Ich schließe die Augen. Immerhin ist das Hämmern in meinem Kopf zur Ruhe gekommen.

Die beiden Grenzer betrachten mich eine Weile. Nicken schließlich. Als hätten sie nun genügend überprüft, ob sie auch allen Schlamm von mir abgespült haben.

Wo es vorher kalt in mir war, kocht es jetzt.

„Wo ist Auto?" sagt einer der beiden.

Er erkennt mich also doch wieder.

Ja. Das würde ich auch gerne wissen. Denke ich.

„Welches Auto?" sage ich.

„Auto?" wiederholt sein Kollege.

Wie immer zu unpassender Zeit, gehen mir Gedanken durch den Kopf, die zu nichts führen.

Ja, wo ist mein Auto? Warum hat sich meine Mitfahrerin schlafend gestellt, als der Grenzer nach unseren Papieren verlangte? Und wo ist sie jetzt?

„Auto?" sagen die beiden Grenzer jetzt im Chor.

„Weg," sage ich, „Auto ist weg. Gestohlen worden."

Die beiden Grenzer sehen sich kurz an. Wenden sich dann mir wieder zu.

„Auch Frau?" sagt der eine.

„Welche Frau?" sage ich.

„Auch Frau weg? Gestohlen?" fragt sein Kollege. Der andere grinst.

Um ihrer nächsten Frage zuvorzukommen, halte ich ihnen meine leeren Handflächen entgegen. Wie zwei Roboter drehen sich die Uniformierten zueinander. Und wieder zu mir zurück. Betrachten mich noch ein paar Minuten. Schlendern dann wieder zu ihrem Glaskasten. Und lassen mich in der Morgenkälte stehen. Die an meinen Hosenbeinen hochkriecht. Und sich in meinem Bauchraum einnistet.

Die Grenzer setzen ihre Sonnenbrillen auf. Und lassen ihren Blick über die Ebene schweifen. Als warteten sie auf etwas oder jemanden. Ab und zu schauen sie zu mir herüber. Auf ihren Sonnenbrillen leuchten bunte Lichtflecken der aufgehenden Sonne.

Ich trippele vor und zurück, um mir die Kälte aus Beinen und Bauch zu treten. Bis sich meine Harnblase meldet. Auch sie, wie immer, im unpassenden Augenblick. Ich presse die Oberschenkel zusammen. Die Grenzer schauen gelangweilt über mich hinweg. Während der Druck in meinem Unterbauch immer dringlicher wird. Ich mache ein paar Schritte auf die Barackenwand zu. Das Klicken hinter meinem Rücken kann ich nicht einordnen. Als ich mich umdrehe, sehe ich einen weiteren Uniformierten vor mir. Der einen Karabiner auf mich richtet.

Vor Schreck entleert sich meine Blase. Mit einem dritten Grenzer habe ich nicht gerechnet. Urin läuft warm an meinen Beinen herunter. Doch die Kälte kehrt sofort wieder zurück. Der auf mich zielende Uniformierte betrachtet die Pfütze zu meinen Füßen. Lässt seinen Karabiner sinken. Deutet mit dem Lauf auf die naheliegenden Büsche. Ich schüttele den Kopf. Er hebt die Schultern. Einen Augenblick lang meine ich Bedauern in seinen Augen zu sehen. Er wollte mich nicht auf dem Weg zu meiner Notdurft erschrecken.

Inzwischen hat die Sonne den Saum der Ebene erreicht. Steigt, wie von unsichtbaren Fäden gezogen, schnell höher. Schmiert orangene Schlieren auf die Brillen der Grenzer. Die Barackenwand leuchtet jetzt feuerrot.

Der Urin hat sich in meinen Schuhen gesammelt. Wenn ich die Füße bewege, ertönen quietschende Geräusche.

Ich sehe, wie eine grünliche Wolke über die Ebene fegt. Und schnell näherkommt. Wie eine Horde Reiter in einem Wildwestfilm. Als die Wolke sich näher heranschiebt, höre ich das Brummen. Es sind keine Cowboys, die die Wolke hinter sich herziehen. Es ist mein Auto.

Mein Herz macht einen Sprung. Und dann noch einen. Ich weiß nicht, ob ich mich freuen oder fürchten soll.

Der Wagen hält vor dem Glaskasten. Zwei weitere Uniformierte steigen aus. Eine kaum wahrnehmbare Kopfbewegung des vermutlich ranghöheren Grenzers veranlasst die neu Hinzugekommenen, mich in mein Auto zu stoßen.

Sie scheinen keine Worte zu benötigen, um sich zu verständigen. Denke ich noch. Dann keilen sie mich zwischen sich ein. Und fahren los.

Ich suche nach passenden, erklärenden, vielleicht sogar hilfreichen Gedanken. Wie so oft belagern sie mich. Schwirren um mich herum. Bedrängen mich. Und lassen sich dann doch nicht halten. Aber jetzt, da Gedanken vonnöten wären, befindet sich nur Leere in meinem Kopf. Ich betrachte, was um mich herum vorgeht. Kann aber nicht eingreifen. Ich weiß nicht, ob ich einen Film vor mir sehe oder mich selbst in einem Film befinde.

Der Fahrer trägt keine Uniform. Er war gar nicht erst ausgestiegen. Er klemmt so nahe vor dem Armaturenbrett, dass seine linke Hand nur bei offenem Seitenfenster das Lenkrad erreicht. Mit der rechten zerrt und drückt er den Schaltknüppel knirschend in alle Richtungen, bis er meint, den gewünschten Gang gefunden zu haben. Er schaut unterbrochen in den Rückspiegel. Als vergewissere er sich, dass uns keiner folgt. Und ich noch immer hinter ihm sitze. In unregelmäßigen Abständen lässt er das Lenkrad los, um sich mit beiden Händen über seine fettige Kopfhaut zu streichen. Mit knirschendem Getriebe poltert der Wagen über die holperige Straße.

Bis wir an einem Zielort angekommen sind, wird er das Getriebe zuschanden gefahren haben. Denke ich.

„Links dort unten, neben der Bremse, gibt es noch ein Pedal," kommt aus mir heraus.

Die mich einrahmenden Grenzer grinsen. Der Fahrer bremst. Wendet sich um. Und stößt einen blökenden Laut aus. Ich glaube nicht, dass er meine Sprache oder überhaupt eine Sprache beherrscht. Aber irgendwie hat er mich wohl doch verstanden. Er rammt seine Faust in meine Rippen. Der Schmerz ist so heftig, dass sich ein lautes Rülpsen aus meiner Brust befreit. Ohne den Schmerz mit sich hinauszunehmen. Der Fahrer legt einen Zeigefinger senkrecht auf seine Lippen. Dreht sich wieder nach vorne. Der Schmerz bleibt in meinem Brustkorb hängen.

Aus dem Motorraum ertönt ein lautes Kreischen. Der Wagen macht einen neuerlichen Sprung. Ich werde gegen die Rücklehne geschleudert. Die Grenzer neben mir lachen. Das Stechen in meinem Brustkorb ermahnt mich, den Fahrer nicht noch einmal auf das Kupplungspedal hinzuweisen. Wir kommen ja auch mit seiner Fahrweise voran. Ich weiß ohnehin nicht, wohin sie mich bringen. Und ob ich dort baldmöglichst ankommen will.

Aber wir kommen an.

Nach unzähligen Hüpfern, die unsere Körper auf den Sitzen vor- und zurückschwingen lassen, tauchen plötzlich Häuser auf.

Eine menschliche Siedlung? Inmitten dieser abweisenden Ebene? Frage ich mich verwundert.

Eine breite leere Straße führt an grauen fensterlosen Fassaden vorbei, hinter denen ich keine Häuser erkenne. Bis wir einen großen runden Platz erreichen. Im Zentrum des Platzes erhebt sich ein riesiges kuppelartiges Gebäude aus Glas, vielleicht auch aus Plexiglas.

Der Fahrer fährt nahe an das Gebäude heran. Drückt noch einmal gegen den Ganghebel. Ein kreischender Ton. Der Motor stirbt ab. Der Wagen bleibt stehen.

Tonloses Grau dringt durch die halb geöffneten Seitenfenster. Auch der Platz ist leer. Keine Autos. Keine Motorräder. Keine Fahrräder. Keine Menschen. Weder Katzen noch Hunde. Außer uns, nirgendwo ein Anzeichen von Leben.

Der Fahrer steigt aus. Bückt sich nach hinten. Als ich sehe, wie groß er ist, frage ich mich, wie er auf dem Fahrersitz Platz gehabt hat. Dann steigen auch die beiden Grenzer neben mir aus. Werfen die Türen zu. Der hünenhafte Fahrer gibt einen gurgelnden Ton, reißt eine der Fondtüren auf. Zerrt mich aus dem Wagen und stellt mich wie ein Möbelstück vor den Grenzern ab. Neben ihm wirken sie wie Zwerge. Der Fahrer klemmt sich wieder auf den Vordersitz. Die Grenzer schunkeln mich auf das Glasgebäude zu. Als wir über breite Treppen an der obersten Stufe ankommen, fängt eine Drehtür zu rotieren an. Ich weiche erschrocken zurück. Elektrischen Strom habe ich hier nicht erwartet.

Die Grenzer schubsen mich hindurch. Die Tür dreht sich hinter mir sirrend weiter. Über mir wölbt sich eine gigantische Glaskuppel über eine hell erleuchtete Halle. Auch hier kein Hinweis auf irgendein Lebewesen.

Das Vakuum, das mich jetzt einhüllt, ist mehr als ein Nichtvorhandensein von Geräuschen. Es ist eine nach allen Seiten hermetisch abgeschirmte Stille. Als habe es in dieser Halle noch nie ein Geräusch gegeben.

Auch die Schritte der zwei Frauen, die aus dem Hintergrund der Glashalle auf mich zukommen, sind völlig geräuschlos. Sie tragen weiße Uniformen und gleichen sich wie Zwillingsschwestern. Sie kommen mit schwebenden Schritten auf mich zu, als gingen sie auf Watte. Stellen sich links und rechts neben mich. Ohne mich zu berühren. Als sie losgehen, gehe auch ich los. Als stimulierten ihre Schritte meine Beine, sich ihrem Rhythmus anzuschließen, schreiten wir lautlos durch rundum verglaste Gänge. Bis wir an einer rahmenlosen Tür ankommen.

Eine der Frauen pocht leise dagegen. Die Tür öffnet sich. Sie schieben mich sanft hindurch.

Die Fliege

Der Mann, der hinter einem erhöhten Pult sitzt, beachtet mich nicht. Er starrt auf etwas, das außerhalb meines Gesichtsfelds liegt. Vielleicht schaut er in sich hinein. Von vorne sieht sein Kopf wie der eines Vogels aus. Von der Seite wie der eines Igels. Unter dem Pult schlottern seine Hosenbeine. Seine Lippen bewegen sich kaum merklich. Es ist so kalt, dass kleine weiße Wölkchen aus seinem Mund hüpfen. Aber ich höre keinen Ton aus ihm herauskommen.

Außer ihm, seinem Pult und mir befindet sich nichts in dem düsteren Raum. Die Fensterscheiben sind so sehr mit zerquetschten Insekten verklebt, dass nur trübgraues Licht hindurchdringt. Schimmelige Feuchte quillt aus dem abblätternden Putz an den Wänden.

Auch hier erstickende Stille.

Ich suche nach Empfindungen in mir. Nach Gedanken. Wenigstens einem Gedanken. Der mich zu einem anderen Gedanken leitete. Und dieser wiederum zu einem weiteren. Der mich auf einer Assoziationskette aus der lähmenden Leere befreite, die mich zum zusammenhanglosen Beobachten zwingt. Doch dieser erste Gedanke, der zu einem nächsten und übernächsten führen könnte, taucht nicht in mir auf.

Die Tür öffnet sich. Wie durch Geisterhand. Denn im offenen Türrahmen erscheint niemand. Dann plötzlich stolpert eine hagere Frau unerkennbaren Alters in den Raum. Als wäre sie von jemandem hineingeschubst worden. Sie legt einen zerfledderten, mit einem roten Gummi zusammengehaltenen Ordner auf das Pult. Auch aus ihrem Mund quellen weiße Wölkchen. Wie inhaltslose Blasen in einem Comic-Heft. Dann marschiert sie so geräuschlos, wie sie hineingestolpert ist, nun hoch erhobenen Hauptes wieder durch die noch offene Tür hinaus.

Der Mann mit dem Vogelgesicht lässt den Gummi vom Ordner schnalzen. Entnimmt einige Papierbögen. Klopft sie von allen Seiten zu einem Stapel zusammen. Legt sie vor sich hin. Und nimmt noch immer keine Kenntnis von meiner Anwesenheit.

Vielleicht sieht er mich gar nicht? Denke ich. Vielleicht sitzt er auf der anderen Seite einer für mich unsichtbaren Wand. Die mich seiner Wahrnehmung unzugänglich macht?

Seine Lippen bewegen sich jetzt deutlicher. Als habe ihm die vorübergehende Gegenwart der hageren Frau Stimme verliehen, erkenne ich voneinander abgegrenzte Zischlaute einer offenbar vokallosen Sprache. Die sich zu einem Singsang aus hart aufeinander folgenden Hebungen und Senkungen miteinander verbinden. Während er weiter Zischlaute formt, zieht er einen Stift aus der Brusttasche seiner Jacke. Fängt an, auf einen vor ihm ausgebreiteten Bogen zu kritzeln. Legt den Stift auf das Pult ab. Klemmt den roten Gummi wieder über die Blätter. Und schiebt den Stapel in den Ordner zurück.

Die Tür öffnet sich wieder. Die zwei weißuniformierten Frauen bewegen sich lautlos auf mich zu. Nehmen mich in ihre Mitte. Lassen mich noch einmal durch gläserne Gänge schweben. Bis wir an einer in den Steinboden eingelassenen Falltür ankommen. Sie scharren gleichzeitig mit ihren Fersen auf dem Deckel. Die Falltür wird von innen angehoben. Ich sehe steinerne Stufen, die nach unten führen. Die Zwillingsschwestern schieben mich an den Rand der ersten Stufe. Und während sie durch die Halle davonschweben, packen mich die zwei mir bereits bekannten Uniformierten an den Schultern. Zerren mich nach unten. Und führen mich durch düstere Gänge. Immer weiter abwärts. Und abwärts.

Als wir endlich an einer schweren Eisentür ankommen, habe ich das Gefühl, sie hätten mich in konzentrischen Kreisen bis zum Mittelpunkt der Erde geführt.

Von irgendwoher höre ich es gluckern. Eine nackte Glühbirne wirft faseriges Licht über scheinbar symmetrisch angeordnete Pritschen aus Drahtgeflecht. Keine Matratzen. Keine Decken. Nur leere Pritschen. Moderige Gerüche nach Urin und Fäkalien wehen auf mich zu.

Als ich an der Glühbirne vorbei zur Decke hochschaue, sehe ich den Großen Wagen. Ich weiß natürlich, dass ich hier tief in der Erde die Sternbilder nicht sehen kann, freue mich aber so sehr, dass ein Bild in meinem Kopf auftaucht, dass ich einen unbedachten Schritt nach vorne mache. Mit einem Knie gegen eine der Pritschen stolpere. Und auf den feuchten Steinboden stürze.

Wenigstens weiß ich jetzt wo Norden ist, versuche ich mich aufzuheitern. Und als ich mich stöhnend wieder aufrichte und durch die Drahtgestelle schlängele, stelle ich fest, dass ich keine Uhr mehr am Handgelenk trage.

.

Der Raum ist noch größer, als er mir schon beim Eintreten vorkam. Ich zähle fünfzig leere Pritschen, die in Fünferreihen symmetrisch zueinanderstehen. Ich hangele mich mehrmals kreuz und quer hindurch. Streiche mit beiden Händen an den Wänden entlang. Lege ein Ohr auf das bröckelnde Mauerwerk. Höre nur dieses geheimnisvolle Gluckern. Als sprudelten von allen Seiten Wasserrinnsale auf mich zu. Die nicht bei mir ankommen.

Wo bin ich hier? Warum bin ich hier? Bin ich es, der hier ist? Und wenn nicht, wer ist es, der daran zweifelt, hier zu sein?

„Du musst dich zwicken," meldet sich plötzlich Teresa, „zwick dich! Dann weißt du's."

Zwicken?

„Um zu wissen, ob du träumst."

Warum sollte ich träumen?

„Willst du denn, dass es die Wirklichkeit ist, in der du dich gerade befindest?"

Kann ich mir das denn aussuchen? Ich will zumindest wissen, ob ich es bin, der sich in dieser Wirklichkeit befindet.

„Das eben kannst du herausfinden, indem du dich zwickst," sagt Teresa.

Und wenn es ein anderer ist, der sich meiner bemächtigt hat, und hier herumirrt? Dann zwickte er sich in mir. Und nicht ich mich.

Während ich immer weiter den Raum durchquere, tauchen Erinnerungsfetzen in mir auf. Eine Anhalterin, die im Regen steht. Eine Grenze. Ein Auto. Mein Auto? Als ich die Bilder aneinanderzureihen versuche, verblassen sie wieder. Was vor meinen Augen bleibt, ist die kalte Helle und fünfzig leere Pritschen.

Ich höre auf, weiter nach Zusammenhängen zu suchen, die mich hierhergebracht haben. Wandere weiter zwischen den Drahtgestellen hindurch. Versuche herauszufinden, wie viele Möglichkeiten es gibt, sie auf unterschiedlichen Wegen zu umkreisen. Und während ich mich weiter zwischen ihnen hindurch schleuse, stelle ich plötzlich fest, dass ich mich verzählt habe.

Es sind einundfünfzig Pritschen.

Eine Primzahl. Denke ich.

Ich steige auf eines der Drahtgestelle. Schaue über die anderen hinweg. Und zähle noch einmal. Irritiert darüber, dass es nun plötzlich wieder nur fünfzig sind, schaue ich an mir herunter.

„Auf der einundfünfzigsten stehst du selbst," rufe ich mir zu und schlage mit der flachen Hand gegen meine Stirn.

Aber wie ist es möglich, dass mir einundfünfzig Pritschen den Eindruck einer völlig symmetrischen Anordnung vermitteln?

„Du orientierst dich an dem, was du denkst und nicht an dem was du siehst," mischt sich Teresa wieder ein.

Was ich sehe, ist trügerisch.

„Was du denkst etwa nicht?"

Meine Wanderungen ergeben immer neue Möglichkeiten, den Raum in linearen Mustern zu durchschreiten. Aber immer, wenn ich einen Schritt mache, weicht der Raum unter meinen Füßen zurück. Ich torkele planlos weiter. Von einer Pritsche zur anderen.

Es ist nur ein Traum, versuche ich mich zu beruhigen. Bestimmt werde ich gleich erwachen.

„Orientiere dich an deiner Umgebung! An den Personen um dich herum!" sagt Teresa, „kannst du sie anfassen, mit ihnen in Kommunikation treten, dann weißt du, dass du nicht träumst. Sie sind verlässliche Garanten für dein Wachsein. Wenn du schon nicht auf das altbewährte Sichzwicken zurückgreifen willst."

Da ist niemand, mit dem ich in Kontakt treten kann.

„Niemand?"

Niemand.

„Also träumst du," entscheidet Teresa.

Das ist gut. Dann muss ich irgendwann wieder erwachen.

„Ja," sagt Teresa, „irgendwann. Vielleicht."

Und jetzt höre ich ein Summen.

„Eine Fliege," rufe ich verblüfft, „hier summt irgendwo eine Fliege herum."

„Eine Fliege?" fragt Teresa, „sagtest du nicht, da ist niemand?"

Dem Brummen nach eine Schmeißfliege. Ist sie eine Bewohnerin meines Traums? Oder etwa ein Garant dafür, dass ich mich in der Wirklichkeit befinde?

„Kannst du mit ihr in Kontakt treten?"

Sie würde mir nicht antworten.

„Versuch sie anzufassen!"

Es ist nicht einfach, eine Fliege anzufassen.

„Dann versuch sie zu berühren!"

Ich würde sie dabei zerquetschen.

„Dann zerquetsch sie!"

Das einzige Lebewesen um mich herum zerquetschen?

„Willst du es nun wissen, ob du träumst oder dich in der Wirklichkeit befindest?"

Nicht, wenn dies die Wirklichkeit sein sollte, und ich meinen einzigen lebendigen Begleiter in ihr vernichtete.

Die Schmeißfliege schillert mich grünlich an. Als versuche sie meine Absichten gegen sie zu erraten. Rüsselt am abgebröckelten Lack des Gitterrands. Rudert mit ihren haarigen Beinchen. Und glubscht mich mit ihren aufgepfropften Augen an.

Will sie mich provozieren?

Ich ziehe einen Schuh aus. Führe ihn langsam an sie heran. Ihre Beinchen bewegen sich unruhig ineinander. Ihre wie mit einem Netz überspannten Augen schauen in die Leere.

Nein. Sie ahnt nichts von dem, was ich ihr antun könnte. Ihre fast durchsichtigen Flügelchen zittern. Ich bin jetzt mit meinem Schuh direkt über ihr. Und sie denkt noch immer nicht dran, sich in Sicherheit zu bringen.

„Fliegen denken nicht," belehrt mich Teresa.

Es ist eine Schmeißfliege.

„Auch Schmeißfliegen nicht. Es käme ja auch gar keine Be-
rührung zwischen dir und ihr zustande, wenn du sie mit dem
Schuh erschlägst. Du wüsstest dann noch immer nicht, ob du
träumst oder in der Wirklichkeit bist."

Die Fliege kreiselt in ihrer abgeschlossenen Welt um
sich herum. Schnüffelt weiter am schmierigen Lack meiner
Pritsche. Rudert mit ihren Beinchen. Sie kümmert sich
nicht um mich und meine gegen sie erwogenen Absichten.
Ich ziehe meinen Schuh wieder von ihr zurück. Blase auf
ihre Flügel. Bis sie wegsummt.

Ich lasse mich doch nicht von ihr provozieren.

Vielleicht leben wir alle in einem Traum. Denke ich. In
einem Traum, der in verästelte Nebenträume auseinander
mäandert, die in einem allumfassenden Kollektivtraum zueinander zu finden versuchen. Den wir als Wirklichkeit
wahrnehmen.

„Dass du dich in der Wirklichkeit befindest, merkst du
daran, dass sie an Gewesenes anschließt, und dies fortsetzt,"
sagt Teresa, „in der Wirklichkeit erkennst du etwas wieder.
Und wirst selbst wiedererkannt. Der kohärente Ablauf über-
prüfbarer Ereignisse ist ein unmissverständliches Indiz, dass wir
uns im Wachzustand, in der Wirklichkeit befinden."

Der Glühdraht der über mir hängenden Lampe sticht
in meine Pupillen. Ich presse meine Lider aufeinander.
Bunte Ringe zerplatzen auf meiner Netzhaut. Als ich
meine Augen wieder öffne, wandern die Ringe an die Ränder meines Sichtfelds. Dunkle Schattenpunkte tänzeln wie
Gespenster dazwischen. Ich starre noch einmal in die
Glühfäden. Erst als ich den Schmerz in meinen Augäpfeln
nicht mehr ertragen kann., senke ich meine Lider wieder.
Unzählige bunte Lichtkugeln rasen wie explodierende Galaxien auf mich zu. Und von mir weg.

Vielleicht kommen wir jenseits der uns in sich einschließenden Traumwelt gar nicht vor? Denke ich. Nur sie ist die uns zugedachte Wirklichkeit. Jeder von uns in seinem Traum. Der sich mit den Träumen aller zu einem Puzzle aus ineinander verwobenen Träumen vereint.

Ich lasse mich von der Pritsche gleiten, taste mich durch den Vorhang von verblassenden Kugeln und Ringen. Bis nur noch wenige schwarze Punkte über meine Netzhaut hüpfen. Wie Winzlingsameisen, die sich in meinen Kopf hineinfressen. Hangele mich weiter an den Gestellen entlang. Und stelle verwundert fest, dass ich mich, egal wo ich innehalte, stets in der Mitte des Raums befinde. Wie ist das möglich? Denke ich. Und wandere weiter durch die schmalen Zwischenräume. Umspült von stetigem Gluckern. Wo ich mich auch hinwende, jede der einundfünfzig Drahtgestelle befindet sich in der Mitte des Raums. Als wolle sie mich auf die mir entgangene Lösung dieses Phänomens aufmerksam machen, summt die Schmeißfliege hinter mir her.

Wie kann ich wissen, ob ich aus einem Traum in die Wirklichkeit erwache oder aus der Wirklichkeit in einen Traum? Auch wenn sich die Abläufe gleichermaßen ineinander und aneinander fügen, woher weiß ich, ob all jene, denen wir in einer vermeintlichen Wirklichkeit begegnen, nicht nur Mitbewohner eines gemeinsamen Traumhauses sind? In dem wir uns vorübergehend begegnen, berühren. Um uns dann in voneinander abgelösten Träumen wieder zu verlieren?

„Du siehst das zu kompliziert, Philipp!" sagt Teresa, „die Wirklichkeit ist das, was du spürst, wenn du dich zwickst. Spürst du nichts, träumst du. Tut es weh, bist du in der Wirklichkeit. So einfach ist das," sagt Teresa.

Und du? Bist du Wirklichkeit?

„Versuch mich zu zwicken!" lacht sie, „dann weißt du's."

Ich strecke mich auf einem der Drahtgestelle. Presse meinen Rücken mit aller Kraft nach unten. Greife mit beiden Händen an die Längsstreben. Starre nach oben. Die Schmeißfliege zieht ihre Kreise über mir. Landet wenige Zentimeter neben meinem Kopf. Die Glühbirne brennt auf uns herunter. Ihre Flügel zittern. Und jetzt höre ich Schritte. Schwere Schritte. Die zögerlich aufeinander folgen. Als die Tür aufgestoßen wird, platzt die Glühbirne. Und die Fliege summt davon. Ein hart konturierter Schatten erscheint im erleuchteten Rechteck des Türrahmens.

„Ausländär!" krächzt der Schatten.

Die Schmeißfliege scheint sich irgendwohin abgesetzt zu haben. Eine Brise fremdartig riechender Luft weht durch die offene Tür herein. Ich halte den Atem an.

Riecht so das Erdinnere?

„Aaauusläändäär!" wiederholt die tiefe Stimme, jeden einzelnen Buchstaben formend. Die Vokale in die Länge ziehend.

„Ausländär," wiederholt die Stimme, als kenne der Mann, dem sie zugehört nur dieses Wort in meiner Sprache. Vielleicht überhaupt nur dieses eine Wort?

Ich bleibe auf meiner Pritsche liegen. Lausche dem Summen der Fliege, die nun bedrohlich nahe vor dem Lichtrechteck der offenen Tür hin und herfliegt.

„Du schlafen?" sagt die fremde Stimme.

Er kann also doch noch ein paar Worte mehr.

Der Schatten kommt durch farbige Flecken und pulsierende Lichtpunkte auf mich zu. Stößt scheppernd gegen meine Pritsche. Gibt einen stöhnenden Laut von sich.

„Kann nicht sähän," sagt er vorwurfsvoll. Als sei es meine Schuld, dass die Glühbirne bei seinem Eintreten geplatzt ist.

Er rumpelt noch einmal gegen meine Pritsche.

„Machen alle, Licht kaputt," stöhnt er, „immer Licht nicht gut. Machen Mensch verrückt. Aber nützen nichts. Bringen neues Licht. Muss Licht sein. Immer. Vorschrift."

Trotz der Dunkelheit sehe ich das Weiße in seinen Augen. Die Fliege scheint an der offenen Tür nicht interessiert zu sein, stelle ich erleichtert fest. Sie summt wieder auf mich zu.

„Weiß, du nicht schlafen. Niemand schlafen hier. Bringen Trost von Großvater. Stellen hier ab. Trost von Großvater helfen."

Ich höre seine schlurfenden Schritte. Einen Augenblick verdeckt er das erhellte Rechteck.

„Kommen wieder, Ausländär," ruft er von der Tür zurück, „bringen Licht. Vorschrift."

Die Fliege kreist über dem Türrahmen. Dann schlägt die Tür zu. Und die Dunkelheit ist jetzt noch dunkler als zuvor.

Die Fliege brummt wieder auf mich zu. Ich atme auf. Lasse mich von der Pritsche gleiten. Taste an den kalten Metallfüßen entlang. Bis ich einen Gegenstand berühre, der sich wie eine zerbeulte Blechdose anfühlt. Ich balanciere sie mit beiden Händen an meine Lippen. Scharfer Geruch sticht mir in die Nase.

'Trost von Großvater' brennt wie glühende Lava durch meine Speiseröhre. Ich springe von der Pritsche. Hüpfe von einem Bein aufs andere. Das Brennen verteilt sich in meinem Körper. Ich hüpfe so lange weiter, bis das Brennen nachlässt.

Die Fliege streift mein Ohr. Ich klatsche mit der Hand dagegen. Und bereue es sofort.

„Das wollte ich nicht," sage ich, als die Fliege von mir weg summt, „ich wollte dir nichts tun."

Aber das glaubt sie mir jetzt natürlich nicht mehr.

Der Mann mit ,Trost von Großvater' kommt wieder. Aber er kommt nicht mehr an meine Pritsche heran. Und er hat auch keine neue Glühbirne dabei. Die Vorschrift scheint sich geändert zu haben. Oder ich habe ihn falsch verstanden. Auch die nächsten Male öffnet er die Tür nur einen Spalt. Stellt die Blechdose neben der Tür ab. Und verschwindet wieder. Ohne mir auch nur ein Wort zu widmen. Was sollte er auch sagen? Immerhin bringt er ‚Trost von Großvater' mit.

Irgendwann höre ich auf zu zählen, wie oft die Tür aufgeht. Und das dünne Blech auf den Steinboden klackt. Die Dunkelheit dehnt meine Zelle ins Unendliche aus. Aber ich weiß natürlich, dass ich von der Welt dort draußen abgeriegelt bin. Egal wohin ich mich wende, ich stoße gegen Mauern.

„Du überbewertest dein Eingeschlossensein,“ sagt Teresa.

Überbewerten? Ich bin hier eingesperrt. Hier ist niemand. Außer mir. Und der Schmeißfliege. Und ich kann nirgendwohin.

„Auch außerhalb dieser Mauern, zwischen denen du dich eingesperrt fühlst, gibt es überall begrenzende Wände. Offensichtliche. Im Stau auf der Autobahn, zum Beispiel. Du kommst nicht vor und nicht zurück. Oder im Gewühle menschlicher Ansammlungen, die ein Durchkommen verunmöglichen. Und unsichtbare. Wie gesetzliche Verbote. Die dich durch drohende Strafen darin hindern, zu sagen oder zu tun, was du willst. Und sprachliche No-Gos.“

No-Gos?

„Worte, die vor nicht lange zurückliegender Zeit gang und gäbe waren, und jetzt nicht mehr gesagt werden dürfen. ‚Friseuse' zum Beispiel. ‚Farbiger'. Oder gar Neger. Und du riskierst mehr als nur einen Rüffler, wenn du bei deiner Anrede nicht alle Geschlechter immer wieder neu miteinbeziehst, auch wenn sich das, was du eigentlich sagen willst dadurch so in die Länge zieht, dass am Ende keiner mehr zuhört und keiner mehr weiß, wer gemeint ist. All das, begrenzende Wände. Deiner Fliege ist es vermutlich egal, was du sagst oder tust, wenn du sie nicht gerade umzubringen versuchst.“

Eine bessere Welt

Irgendwann höre ich wieder Schritte. Es ist nicht der Mann mit ‚Trost von Großvater‘. Seine Schritte kenne ich. Diese dagegen hallen laut und klirrend aus den Gängen in meine Zelle. Wie von Schuhen mit Metall unter den Sohlen. Es sind die Wärter, die mich hier heruntergebracht haben. Hoffnungsvoll starre ich ins Dunkel. Dorthin wo ich die Tür weiß. Wenn ich sie auch nicht sehe. Der Schlüssel dreht sich. Das aus den Gängen hereinfallende Licht blendet mich. Erst nach einer Weile kann ich die Wärter erkennen. Einer von beiden winkt mich heran. Und bedeutet mir mit einer knappen Kopfbewegung, ihnen zu folgen. Ich gehe hinter ihren massigen Rücken durch düstere Gänge. Als wir wieder an der Falltür ankommen, klopfen sie ein paarmal dagegen. Die Tür öffnet sich. Ich klettere nach oben. Die Zwillingsschwestern sprechen kein Wort, als sie mich wieder zwischen sich durch die grell erleuchtete Halle schweben lassen.

Ich erinnere mich nicht, ob es einen Stuhl gab, als ich das letzte Mal in diesem Raum war. Ich weiß auch nicht, wie weit dieses letzte Mal zurückliegt. Und ob es andere Male dazwischen gab. Auch als ich mich zu erinnern versuche, wie oft der Wärter mir das Essen durch den Türspalt geschoben hat, wie oft ich durch die Reihen der Drahtgestelle gelaufen bin, wie oft ich mich auf die Schüssel gesetzt habe. Es gelingt mir nicht, mich zu erinnern. Aber ich war schon einmal in diesem Raum. Das weiß ich.

Eine flimmernde Neonröhre spuckt grelle Lichtfetzen auf die verschmierte Fensterwand. Mein Mund ist trocken und pelzig. Mein Bauch zieht sich zusammen. Als säße ein gefräßiges Tier in mir, das mich von innen ausnagt.

Auf dem Pult steht ein Glas. Ich schaue um mich. Außer mir ist niemand in diesem kahlen Raum. Die Zwillingsschwestern sind wieder gegangen. Als ich nach dem Glas greifen will, fängt meine Hand an zu zittern. Das Zittern setzt sich überall in mir fort. Doch ich spüre nichts. Als wäre ich in meinem zitternden Körper gar nicht vorhanden.

Ein dürrer Mann watschelt im Entengang durch den Türrahmen. Sein Anzug schlottert ihm um den Körper. Und als er näher an mich herantritt, erkenne ich ihn wieder. Der Mann mit dem Vogelgesicht.

Er watschelt auf mich zu. Schiebt die Spitzen seiner schwarzen, blankpolierten Schuhe vor sich her. Als wolle er alles, was sich ihm in den Weg stellt, von sich stoßen. Sein sezierender Blick dringt durch meine Augäpfel in mein Gehirn. Als wolle er Gedanken aufspüren, die ich vor ihm versteckt halte. Offenbar enttäuscht, nur Leere in meinem Kopf vorzufinden, zieht er seinen durchstöbernden Blick nach einer Weile wieder aus mir zurück.

Nun, da er unmittelbar vor mir steht, kommt er mir lächerlich vor. Seine schlotternden Hosen. Sein Igelkopf. Sein Vogelgesicht. Sein sezierender Blick. Alles an ihm.

„Trinken Sie!"

Die Worte, die aus ihm heraustönen, klingen metallisch. Als erzeuge sie ein in ihm eingebauter Apparat. Der sie ohne jeden erkennbaren Akzent in meine Sprache übersetzt.

Als ich nach dem Glas greife, sehe ich, dass es leer ist.

„Was suchen Sie hier? Wer sind Sie?" sagt die Apparatenstimme.

Ich schaue um mich herum.

Ja. Was suche ich? Wer bin ich? Und wo bin ich hier? Es gibt niemanden in diesem Raum. Nur diesen Mann. Und mich.

„Was suchen Sie hier? Wer sind Sie?" schnarrt es weiter aus ihm heraus. Als spule sich ein Endlosband ab.

Was soll ich antworten? Soll ich ihm sagen, dass ich selbst gerne wüsste, wie ich hierher gelangt bin? Und was ich hier will?

Um mich nicht in Antworten zu verheddern, die unvorteilhaft für mich sein könnten, sage ich nichts. Während die aus ihm herausklingende Stimme immer wieder dieselben zwei Fragen stellt. Dann, plötzlich, stellt sich der Sprechapparat in ihm unerwartet auf einen anderen Modus um.

„Wo ist das Fahrzeug, mit dem Sie eingereist sind? Wo ist die weibliche Person, mit der Sie die Grenze überquert haben? Wer sind Sie? Wie sind Sie hierhergekommen? Und wen oder was suchen Sie hier?"

Sein Vogelgesicht pickt jeder seiner Fragen hinterher.

Zu viele unterschiedliche Fragen auf einmal, denke ich. Und starre auf das leere Glas auf seinem Pult.

Er drückt mit seinen Handflächen väterlich auf meine Schultern.

„Was wollen Sie in unserem Land?" fasst er zusammen, als habe er nun den gemeinsamen Nenner seiner Fragen gefunden.

Seine Fragen wabern wie Nebelschwaden durch meinen Kopf. Meine Mundhöhle ist immer noch zugeklebt.

„Das Glas ist leer."

Die Worte bröseln durch meine Lippen.

Der Mann mit dem Vogelgesicht setzt sich hinter sein Pult. Legt die Beine übereinander. Und wippt mit der Spitze eines seiner säuberlich polierten Schuhe auf und ab. Dabei dreht er seinen Kopf in alle Richtungen. Als habe er ein Kugelgelenk in seiner Halswirbelsäule.

Wie eine Eule. Denke ich.

„Es war unklug von Ihnen, Großvaters Trost zu sich zu nehmen. Er macht den Durst nur noch schlimmer."

Meine Zunge liegt wie eine pralle Wurst in meinem Mund.

„Anna," rutscht es unter der Wurst heraus. Verklebter Schleim auf meinen Stimmbändern bringt mich zum Räuspern.

„Anna?"

Der Anflug eines verkrampften Lächelns weht über sein Gesicht.

„Sind Sie sicher, dass das die Antwort ist, die sie uns auf meine Fragen geben wollen?" sagt er.

„Eine Anhalterin," sage ich, "es regnete in Strömen. Ich ließ sie bei mir einsteigen."

„Eine Anhalterin?"

„Sie stand am Straßenrand. Kämpfte mit ihrem Schirm. Ich nahm sie mit. Es ist sonst nicht meine Art Anhalter mitzunehmen. Auch keine Anhalterinnen. Sie stand da, wie eine Insel im Regen. "

„Niemand würde sich in unserem Land an den Straßenrand stellen, um mitgenommen zu werden. Und niemand würde jemanden mitnehmen, der am Straßenrand steht. Warum erzählen Sie uns das?"

„Das war vor der Grenze."

„Und Sie fuhren mit ihr über die Grenze? Einfach so?"

„Der Grenzer winkte uns durch."

„Ohne auf ihre Ausweise zu schauen?"

„Es regnete sehr heftig."

„Was hat das mit Ihren Ausweisen zu tun?"

„Der Mann hat sie nicht sehen wollen."

„Das wäre aber seine Pflicht gewesen," scheppert die Apparatenstimme.

Ich hebe meine Schultern.

„Ich weiß über seine Pflichten nicht Bescheid."

„Natürlich nicht," sagt die Stimme in ihm, „natürlich nicht."

Er zieht ein dünnes Heft mit angeklemmtem Stift aus seiner Anzugsjacke, schreibt ein paar Worte hinein. Steckt Heft und Stift wieder in seine Jackentasche zurück. Legt seine Hände vor sich auf das Pult. Irgendwas an mir scheint ihn zu belustigen. Sein Bauch hebt und senkt sich rhythmisch unter seiner Anzugsjacke, als unterdrücke er ein Lachen.

„Ich habe den Eindruck, Figur in einem Spiel zu sein, dessen Regeln mir vorenthalten werden und dessen Mitspieler sich verdeckt halten," krächzt meine Stimme.

Der Mann wirft mir einen undefinierbaren Blick zu.

„Interessant," sagt die Stimme in ihm. Seine Bauchbewegungen hören auf. Er stemmt sich an seinem Pult hoch. Und kommt wieder auf mich zu.

„Was ist nun mit dieser Anna?"

Ich hebe die Schultern.

„Sie wissen es nicht. Ist es das, was sie uns mit Ihren Schultern anzudeuten versuchen, Herr Simon?"

Er lässt seinen Blick durch den kahlen Raum wandern. Als suche er dort nach einer passenderen Antwort.

„Ich bin nicht Herr Simon," sage ich.

„Ja, das wissen wir. Wie aber sollen wir Sie nennen, wenn wir Ihren richtigen Namen nicht kennen?"

„Ich heiße…"

„Nein, nein, bemühen Sie sich nicht! Ich sehe es Ihnen an, Sie trauen uns nicht. Sie würden uns nur wieder einen Namen sagen, der nicht der Ihre ist. Da können wir es genauso gut bei „Simon" belassen."

Er tastet sich mit nach hinten verschränkten Händen rückwärts an sein Pult zurück. Wetzt seinen Rücken. Zuerst horizontal, dann vertikal.

Wie ein Eber in seinem Koben.

Warum fallen mir nur Tiervergleiche zu ihm ein?

„Sie haben kein Wort zu Ihrer Verteidigung gesprochen, Herr Simon," sagt er und pickt wieder auf mich zu, „wir haben Sie schon wiederholt gefragt, als Sie uns das erste Mal vorgeführt wurden."

„Mir war nicht bewusst, dass Sie mit mir sprachen. Sie haben mich nicht einmal angesehen. Sie schienen vor sich hin zu reden. In einer Sprache, die ich nicht beherrsche, ja nicht einmal erkannt habe."

Meine Stimmbänder fühlen sich an wie rostige Drähte.

„Es ist nützlich fremde Sprachen zu sprechen. Vor allem die eines Landes, in das man einreist. Wie würden wir uns jetzt verständigen, wenn wir Ihre Sprache nicht beherrschten?"

Es ist doch wohl eher die Maschine in ihm, die seine Worte übersetzt. Denke ich.

„Wie dem auch sei. Jetzt verstehen Sie mich doch, oder? Was haben Sie also zu Ihrer Verteidigung vorzubringen?"

Er verschränkt seine Arme vor seiner Brust und fängt wieder mit der Schuhspitze zu wippen an.

Kommen Sie, Herr Simon, geben Sie sich einen Ruck! Sie werden sehen, es erleichtert Ihr Gewissen."

„Ich wüsste nicht, wovon sich mein Gewissen erleichtern müsste."

Er entknotet seine Beine. Bückt sich zu mir herunter. Sein Gesicht ist jetzt sehr rot. Auch das Weiße in seinen Augen verfärbt sich.

„Wer von uns kann schon sagen, sein Gewissen sei unbelastet?" sagt der Apparat in ihm.

Säuerlicher Geruch weht seinen Worten hinterher. Seine Pupillen schwimmen in roten Teichen.

„Also noch einmal: warum sind Sie über unsere Grenze gefahren, Herr Simon? Was suchen Sie hier? Und wer und wo ist diese Anna?"

„Ich weiß es nicht."

„Warum sagst du es ihm nicht?" fährt mich Teresa an, „du weißt doch, warum du gefahren bist. Erzähle ihm von deiner Abenddämmerung!"

Es ist nicht meine Abenddämmerung.

„Aber du bist es, der Probleme mit ihr hat."

Das wird ihm als Erklärung nicht genügen.

„So wie es auch mir nicht genügt. Was dich aber nicht hindert, es mir immer wieder ausführlich zu erklären."

Er wird mich für verrückt halten.

„Ja", sagt Teresa, „das wird er wohl."

„Sie reisen in ein Land ein, dessen Sprache Sie nicht beherrschen. Mit einer Frau in ihrem Auto, die Sie nicht kennen.," krächzt die Apparatenstimme, " und Sie wissen nicht warum?"

Ich starre auf den kaputt geschrubbten Dielenboden, voller Scharten und Risse.

„Sie stand ..."

„Ja, wie eine Insel im Regen. Das sagten Sie bereits. Sie lesen offenbar Frauen auf, die wie Inseln im Regen stehen."

„Nein, eher nicht. Ich fahre lieber allein im Auto. Mitfahrer neigen dazu, einen in Gespräche zu verwickeln."

Wieder zieht ein verkrampftes Lächeln über sein Vogelgesicht.

„Aber diesmal machten Sie eine Ausnahme. Warum?"

„Ich weiß wirklich nicht, warum ich anhielt und sie einsteigen ließ."

„Hatten Sie vielleicht Mitleid mit ihr?"

„Nein, warum sollte ich Mitleid mit ihr gehabt haben.

„Weil sie so allein im Regen stand?"

„Ich kannte sie nicht. Habe sie nie zuvor gesehen."

„Sie müssen also jemanden erst kennen, um Mitleid mit ihm zu haben?"

Er sieht mich prüfend an.

„Warum haben Sie die Ihnen völlig fremde Anhalterin dann mitgenommen?"

„Ich weiß es nicht."

„Philipp, du machst es immer schlimmer!" sagt Teresa, „er wird dich nicht in Ruhe lassen, bevor er eine Erklärung von dir hat. Erzähl ihm von Deiner Panik!"

Die hat nichts damit zu tun, dass ich diese Frau mitgenommen habe.

„Aber eins ist doch aus dem anderen entstanden. Ohne deine Panik wärst du doch gar nicht in diese Situation geraten. Hör auf, von dieser Insel im Regen zu reden! Der Mann will keine Poesie. Er will eine Erklärung. Eine glaubwürdige Erklärung."

Ob sie für eine glaubwürdige Erklärung halte, was sie selbst nicht glaube?

„Uns scheint, Sie haben keinen Überblick über das, was sie tun."

Die Stimme in ihm wirkt bedrohlicher. Der Mann hebt seinen Kopf. Sein Blick kreist um den an der Decke befestigten Neonring.

„Diese Anna stand also da, wie eine Insel im Regen."

Er hält kurz inne.

„Uns gefällt das Bild, Herr Simon. Ist das üblich in Ihrem Land?" sagt er.

„Dass Frauen allein im Regen stehen?"

Sein Blick schießt auf mich zu.

„Dass Frauen per Anhalter fahren und Männer empathielos poetischen Impulsen folgen."

„Die meisten haben inzwischen ihr eigenes Auto. Oder sie schließen sich zu Fahrgemeinschaften zusammen."

„Aber diese Anna stand am Straßenrand. Obwohl jeder über ein eigenes Auto… - "

„Nicht jeder," unterbreche ich ihn, „die meisten."

„Und obwohl es in Ihrem Land nicht mehr üblich ist, winkte sie Sie heran."

„Sie stand nur da. Sie winkte nicht."

„Und dennoch haben Sie angehalten. Und sie mitgenommen. Sie hätte sich einer Fahrgemeinschaft anschließen können. Vielleicht verfügt sie sogar über ein eigenes Auto. Wollte gar nicht mitgenommen werden. Stand einfach nur da. Wie eine Insel im Regen eben."

Die Insel im Regen hat es ihm angetan.

Er bohrt seinen Blick wieder tief in mich hinein. Etwas in seinem Brustkorb fängt leise zu schnarren an, als er seine Hände auf meinen Schultern ablegt und mich mit seinen Vogelaugen bekümmert ansieht.

„Ja, es ist nicht mehr üblich, per Anhalter zu fahren," sage ich, „aber es ist auch nicht verboten. Auch nicht, wenn man ein eigenes Auto besitzt. Oder sich einer Fahrgemeinschaft anschließen könnte."

Die Tür öffnet sich lautlos. Die graukostümierte Frau erscheint mit einem Krug in der Hand. Gießt ohne mich eines Blickes zu würdigen, Wasser in das auf dem Pult stehende Glas. Beugt sich dem Mann mit dem Vogelkopf zu. Sie scheint ihm etwas ins Ohr zu flüstern. Streckt sich dann wieder. Streicht mit ihren Handflächen von oben nach unten über ihre Hüften. Zögert einen Augenblick. Stöckelt dann, ohne mich angesehen zu haben, wieder zur Tür zurück. Und zieht sie lautlos hinter sich zu.

Der Mann mit dem Vogelgesicht deutet auf das Wasserglas. Ich trinke das lauwarme Wasser gierig in mich hinein.

„Sie befinden sich hier in einem Land, in dem einige Wenige über alle anderen bestimmen."

Wieder hebt und senkt sich seine Bauchdecke.

„Ich weiß, Sie werden das für ungerecht halten und dieses Land als ein unfreies Land bezeichnen, weil Sie sich selbst in einem sogenannten freien Land zu leben dünken. Sie werden behaupten, in Ihrem Land können Sie sich frei bewegen und frei entscheiden, was Sie tun oder nicht tun wollen. Tatsächlich tun auch sie nur das, was einige Wenige wollen, dass sie es tun. Sie merken nur nicht, dass sie gar nicht tun, was sie tun wollen, sondern das, was den Interessen dieser Wenigen dient, die sie in das Gefühl einlullen, sich frei bewegen und frei entscheiden zu können. Sie werden sagen, immerhin können Sie in ihrem Land Ihre Meinung frei äußern. Aber was nützt es Ihnen, Ihre Meinung frei äußern zu können, wenn Ihnen nur die zuhören, die ohnehin Ihrer Meinung sind, jene dagegen, die sie ansprechen und erreichen wollen, darüber hinweghören?" tönt die schnarrende Stimme aus ihm heraus.

Ich rutsche unruhig auf meinem Stuhl hin und her.

Warum hält er mir diesen Vortrag?

„Sie könnten jetzt sagen: was interessiert mich das weiter? Auch wenn ich tue, was Wenige wollen, dass ich es tue und mich dabei frei fühle, ist das für mich stimmiger als unter dem Diktat Weniger zu leben, die sich berufen fühlen, mich in ein Korsett einer Ordnung zu zwängen, die vielleicht irgendwann einmal zum Wohlergehen aller führt. Aber sehen Sie, Herr Simon, ein Korsett hält einen auseinanderfallenden Körper zusammen und stabilisiert ihn. Sie verstehen, was ich Ihnen sagen will? Während sich die Bürger Ihres Landes Freiheitsgefühle vorgaukeln lassen, und nicht merken oder nicht merken wollen, wie sie zu Marionetten der Interessen derer umfunktioniert werden, die nur ihre eigenen Profite im Auge haben und am Wohlergehen des Ganzen nicht interessiert sind," rattert die Stimme weiter, „führen wir unsere Bürger langfristig zu einem den Interessen aller dienenden stimmigen Ganzen.".

Er hält inne. Wohl, damit ich seinen Ausführungen hinterherdenke.

„Grenzt es nicht an missionarische Anmaßung, über das Wohlergehen aller zu befinden, um es dann gewaltsam herbeizuführen?" rutscht es aus mir heraus.

„Anmaßung? Den Versuch, die Welt in eine Richtung zu bewegen, die zum Wohle aller führt, nennen Sie Anmaßung?"

Sein Blick versucht wieder in meinen Kopf einzudringen.

„Um von ihren eigenen Interessen abzulenken, gaukeln Ihnen die Machthaber Ihres Landes vor, sich frei äußern und frei bewegen zu können. Damit sie nicht merken, dass Sie in Wahrheit ein Schaf im Freilaufstall derer sind, die Sie mästen, um sich an Ihnen mästen zu können. Die Machthaber Ihres Landes führen Sie und Ihre Mitbürger an der

Nase herum. Nutzen die zunehmende Verwirrung in einer immer komplexeren und komplizierteren Welt für ihre eigenen Machtansprüche und Profitinteressen. Wir dagegen führen unser Volk aus diesem Irrgarten. Statt sie in doppelbödigen und zwiespältigen Freiheiten zu wiegen, geben wir unseren Bürgern Antworten, nach denen sie suchen. Einfache Antworten, die sie verstehen. Statt sie in ihrer Wirrnis, die ihr Freiheit nennt, sich selbst zu überlassen."

Er sieht mich herausfordernd an.

„Und weil sich diese Ihre selbst ernannten Führer für die Auserwählten und Klügeren halten, die sich berufen fühlen, den Dummen den Weg zeigen, sind sie es auch, die bestimmen, wer die Klugen und wer die Dummen sind. Ist es aber nicht so, dass es gerade die Dummen sind, die sich oft als die Klügeren wähnen?"

„Vorsicht, Philipp! Eine Ameise sollte einem Elefanten nicht auf die Füße zu treten versuchen," schaltet sich Teresa *plötzlich wieder ein.*

Aber wohl auch nicht umgekehrt.

Das nun eintretende Schweigen füllt die Leere des Raums. Der Mann mit dem Vogelgesicht sieht mich lange an. Hebt dann seinen Blick. Was er in meinem Gesicht nicht findet, scheint er jetzt an der Zimmerdecke zu suchen.

„Ja, die Dummen dünken sich, im Besitz der einzig richtigen Meinung zu sein," doziert die Apparatenstimme, „in Wahrheit jedoch haben sie keine eigene Meinung. Sie denken nicht darüber nach, was sie tun. Jeder tut, was er tut, weil es der andere tut. Sie machen nicht. Sie machen mit. Eine korrumpierbare Masse, die auserwählter Führer bedarf."

Er umkreist mich mehrere Male, als sei ich diese korrumpierbare Masse, die der Führung der Auserwählten bedarf.

„Es entscheiden also die sich als Auserkorene fühlenden selbsternannten Führer, wohin die dumme Masse gelenkt werden muss? Und die Unbelehrbaren werden aufgespürt. Und aus dem Verkehr gezogen."

Der Mann mit dem Vogelkopf starrt lange vor sich hin. Als ich schon denke, er könnte vergessen haben, dass ich vor ihm sitze, pickt er plötzlich mehrmals in meine Richtung.

„Wir freuen uns, dass Sie es begriffen haben," schnarrt die Stimme, „Sehen Sie, das Verhängnisvolle ist die Verquickung von Führung und Macht. Die Sie aus Ihrer Welt kennen. In der die Führer ihre Macht dazu nutzen, die Dummen dumm zu halten, um sich an ihnen zu bereichern. Ich dagegen spreche von Führern, die das tun, was ihre eigentliche Aufgabe sein sollte: ihr Volk führen. Zum Wohle aller."

„Und was das Wohl aller ist, bestimmen diese auserwählten Führer? Sie sind die Guten. Die sich aufbürden, die dumme Masse den Weg zu führen, der zu dem von ihnen erklärten Wohl aller führt?"

„Die Guten?" schnarrt die Stimme, „ist das nicht eine Frage der Definition? Und wen wollen wir definieren lassen, was gut und was böse ist? Etwa die Mehrheit? Also die Dummen?"

„Er versucht dich in eine Falle zu locken," sagt Teresa.

Welche Falle?

„Das Paradies auf Erden," sagt Teresa.

Warum sollte ich mich dagegen wehren?

„Es gibt keine Paradiese. Er hat recht, wenn er sagt, dass wir an der Nase herumgeführt werden. Die Autokonzerne, zum Beispiel, bauen manipulierte Abgasanlagen ein, die so tun als würden sie die Umwelt schützen. Um sie mit vernebeltem Gewissen besser verkaufen zu können. Die Waffenindustrie verkauft ihre Bomben in die Dritte und Vierte Welt. Worauf

Hilfsorganisationen Medikamente in die zerbombten Länder schicken. Was der Pharmaindustrie wiederum erkleckliche Gewinne liefert. Von denen dann Bruchteile in großzügige Spenden für den Wiederaufbau der zerstörten Kitas, Schulen und Krankenhäuser fließen. Damit sind die Bösen am Ende wieder die Guten. Die Grenzen zwischen beiden verwischen sich.*

Und? Wo ist die Falle?

„Dass er dir sein System als das bessere zu erklären versucht.“

Ist es das denn nicht?

„Sind Sie verheiratet, Herr Simon?“

Die Frage kommt so unerwartet, dass ich spüre, wie das Blut in meinen Kopf schießt.

„Ich meine, leben Sie mit einer Frau zusammen?“

Worauf will er hinaus?

„Nein. Das heißt ja. Ich weiß nicht,“ stammele ich.

„Was für eine vielschichtige Antwort! Sie scheinen wirklich wenig über sich und ihre Handlungen Bescheid zu wissen.“

„Ich weiß nicht, wie ich hierhergekommen bin und was man mir anlastet,“ sage ich mit lauter Stimme, um von meiner vermutlich deutlich erkennbaren Verwirrung abzulenken.

„Ich weiß nicht, warum ich diese Frau mitgenommen habe. Ich weiß nicht, wohin sie und mein Auto verschwunden sind. Und ich weiß nicht, worauf Sie mit Ihren Fragen hinauswollen,“ sage ich, immer noch um eine feste Stimme bemüht. „Ich weiß auch nicht, warum ich in einen Raum mit einundfünfzig leeren Pritschen geschleppt wurde. Und ich weiß nicht, wie lange ich dort schon verharre. Mit einer Schmeißfliege zusammen, von der ich nicht einmal weiß, ob sie weiblich oder männlich ist. Und ob es bei Schmeißfliegen überhaupt zweierlei Geschlecht gibt. Und da ich nicht weiß, wie alt Schmeißfliegen werden, weiß ich auch nicht, ob es sich lohnen würde, um ihre Hand anzuhalten. Falls sie denn weiblich wäre, und ich nicht inzwischen..."

Die letzten Worte lasse ich ungesagt. Nichts auf seiner Gesichtsmaske lässt eine Reaktion auf das Gesagte erkennen.

„Wir freuen uns, dass Sie Ihren Humor nicht verloren haben, Herr Simon," sagt die Apparatenstimme.

Und während seine schwarzen Vogelaugen um mein Gesicht kreisen, fügt die blecherne Stimme hinzu:

„Sie werden ihn brauchen."

Die Falle

Die Tür öffnet sich. Die zwei Uniformierten kommen wieder auf mich zu. Stoßen mich laut lachend durch die endlosen Korridore in mein Verlies zurück. Und ich frage mich, wie viele sie schon mit ihrem Gelächter durch diese Gänge begleitet haben.

Faulige Finsternis empfängt mich.

Der Wärter hat noch keine neue Glühbirne eingeschraubt. Ich erkenne auch so die Anordnung der Drahtgestelle und ihre Abstände zueinander hinter meinen Augäpfeln. Wie auf dem Negativ eines Fotos. Ohne anzustoßen finde ich zu meiner Pritsche zurück. Das Gluckern taktet die offenen Enden der Zeit. Als lungerten unsichtbare Wesen um mich herum. Die vor sich hin kichern. In ihrer eigenen von mir abgetrennten Welt.

Kaum liege ich auf der Pritsche, summt die Fliege wieder auf mich zu.

„Oder bist du längst eine andere? Nein, sag es mir nicht! Ich will nicht wissen, in der wievielten Generation du hier mit mir dieses Kellerloch teilst."

Sie umkreist einige Male meinen Kopf. Ihre Flügel streifen meine Stirn.

„Okay, okay. Ich habe verstanden. Du bist dieselbe."

Und während ich zwischen den Drahtgestellen hindurch wandere, höre ich im Gesumme der Fliege eine vertraute Melodie, die in mir etwas zum Schwingen bringt, zu dem ich keinen Zugang finde.

Ich bewege mich schneller und schneller durch die schmalen Zwischenräume. Entdecke neue Variationen, mich durch sie hindurch zu schleusen. Bis ich mich erschöpft auf eine der Pritschen werfe. Und in einem schweren Schlaf versinke.

Als ich wieder erwache, sehe ich den winzigen Lichtspalt zwischen Tür und Wand. Ich taste mich darauf zu.

Die Tür ist offen.

Wahrscheinlich habe ich im Gelächter der Wärter nicht mitbekommen, dass sich der Schlüssel im Schloss nicht gedreht hat. Ich ziehe an der Tür. Schaue in den Gang hinaus. Niemand. Es ist viel dunkler hier draußen, als ich es durch den Türspalt vermutet hätte.

Eine Falle? Denke ich.

Die Wärter werden jeden Moment auftauchen.

In Erwartung ihres Gelächters stolpere ich in mein Verlies zurück. Die Fliege kriecht in mein Nasenloch. Als suchte auch sie Schutz vor dem, was uns da draußen erwartet. Ein Niesanfall schleudert sie wieder aus ihrem Versteck. Zurück in die Finsternis.

Ich wage nochmal einen Blick in den Gang hinaus. Nach beiden Seiten hin ist kein Ende zu erkennen. Als ich meinen Fuß auf den feuchten, felsigen Boden setze, schallt lautes Klacken durch die Gänge. Rollt an den Wänden entlang. Wieder zu mir zurück. Ich halte den Atem an. Nichts. Kein Gelächter. Keine Wärter. Nur das Echo meiner eigenen Schritte. Ich lasse meine Handflächen die feuchten Mauern entlanggleiten. Die Abstände der Deckenlampen werden immer länger. Das Licht immer trüber. Fast hätte ich den unerwartet auftauchenden Quergang übersehen.

Ich gehe einige Meter nach links in den kreuzenden Gang. Kehre wieder um. Gehe nach rechts. Dann fällt es mir wieder ein. Die Wärter haben mich in endlosen Serpentinen hier heruntergeschleppt. Die Gänge hier sind jedoch schnurgerade. Ich entscheide mich, die eingeschlagene Richtung beizubehalten. Immer wieder kreuzen Gänge. Und obwohl ich keine Steigung wahrnehme, hoffe ich, bald auf die Serpentinen zu treffen, die mich aus dem Labyrinth heraus an die Erdoberfläche führen würden.

Plötzlich weht mir ein vertrauter Geruch entgegen, den ich nicht einzuordnen vermag.

Ich taste mich weiter in den immer dunkler werdenden Korridor hinein. Trete auf etwas Weiches. Und ziehe meinen Fuß erschrocken zurück. Der Geruch wird immer intensiver. Zuerst will ich es nicht glauben. Das ist der Geruch von aufgerissener Erde. Und als ich nach oben schaue, sehe ich unzählige Lichter auf mich herabblinken. Ich halte meinen Atem an.

„Sterne," flüstere ich ehrfürchtig, „das sind Sterne."

Der funkelnde Nachthimmel wölbt sich über einer weiten Ebene. Irgendetwas will sich aus mir befreien. Ich versuche zu schreien. Doch es kommt kein Ton. Ich lasse mich auf die feuchte Erde sinken. Und kralle mich in ihr fest.

„Sei unbesorgt, Philipp!"

Es scheint, als spräche jemand aus dem Weltraum zu mir herunter.

„Die Wahrscheinlichkeit ist sehr gering, dass von da oben was auf dich herunterfällt."

Teresa! War ich so tief im Innern der Erde, dass selbst sie mich nicht mehr erreichen konnte?

„Die meisten Sterne, die du dort oben leuchten siehst, gibt es nicht mehr, fährt sie fort, ihr Licht hat hundert, tausend oder mehr Jahre gebraucht, um jetzt für uns am Firmament sichtbar zu werden. Viele sind vermutlich schon vor langer Zeit explodiert oder erloschen. Entspann dich! Aus dem Weltraum droht dir keine Gefahr."

Betäubt vom Geruch aufgebrochener Erde, recke ich meinen Kopf aus dem Schlamm. Schaue argwöhnisch um mich. Über dem Horizont erkenne ich, ganz blass, am unteren Ende des Dreigestirns die Deichsel, die den Großen Wagen nach Norden zieht. Darunter wächst die Scheibe des Mondes über die scharfe schwarze Linie des Horizonts. Schiebt immer mehr Licht über die abgeernteten Felder auf mich zu. Als der Mond seine volle Rundung erreicht hat, hebt er vom Horizont ab. Schwebt wie eine ferne Laterne über der grenzenlosen Weite.

Wie lange habe ich den Mond und die Sterne nicht gesehen! Dann drängt der Mond die Sterne aus seinem Umfeld zurück. Bleiches Licht liegt auf der Ebene.

Ich stemme mich hoch. Und stelle mich auf meine Beine.

Kein Laut. Nichts bewegt sich. Wie ein schwarzer Abgrund teilt das Asphaltband einer Straße die Ebene in zwei Hälften. Einen Augenblick lang flammt Erinnerung auf. Verblasst dann wieder.

Ich weiß nicht, wo ich mich befinde. Ich weiß nicht, wohin ich mich wenden soll. Ich weiß nur, hier kann ich nicht bleiben. Oder doch? Warum eigentlich nicht? Ich schließe meine Augen. Drehe mich ein paarmal um meine eigene Achse. Bis meine Beine wie von selbst zu gehen anfangen. Ich lasse mich von ihnen in die Ebene hinaustragen. Ohne mich nochmal umzudrehen.

Nach einer durchwanderten Nacht tauchen in den dichten Schwaden des Morgennebels Wachtürme auf, und ich erkenne, wo ich bin: Wie von unsichtbaren Fäden gezogen, bin ich wieder an die Grenze gelangt.

Es ist zu spät, um wegzulaufen. Der Grenzer hat mich schon gesichtet. Und wohin hätte ich auch laufen sollen?

Es war also doch eine Falle. Denke ich. Sie wussten, dass sie mich hier wieder aufgreifen würden.

Der Grenzer kommt aus dem Glashäuschen neben dem Schlagbaum. Und stapft gelangweilt auf mich zu. Ich öffne den Mund. Sehe, dass er seine Hand wie einen Trichter an sein Ohr wölbt. Und schließe meinen Mund wieder. Ich weiß ohnehin nicht, was ich ihm sagen sollte. Jetzt kommt auch der zweite Grenzer aus dem Häuschen. Gemeinsam mustern sie mich aus unterschiedlicher Distanz und ohne erkennbaren Ausdruck. Als das Telefon scheppert, schlurft der zweite Grenzer zum Glashäuschen zurück. Kurz darauf erscheint er wieder an der Tür und ruft zu uns herüber. Zuckt mit den Schultern. Wirft seinem Kollegen einen enttäuschten Blick zu. Offenbar haben sie eine Order erhalten. Sie hätten sich gerne noch eine Weile an mir vergnügt.

Ein Jeep rattert auf uns zu. Eine Frau und ein Mann steigen aus. Auch sie in grauen Uniformen. Sie bleiben bei ihrem Fahrzeug stehen. Winken mich heran. Die Frau deutet auf eine der längsstehenden hölzernen Rückbänke. Ich sehe sie fragend an. Sie zuckt mit dem Kinn. Als ihr Kollege sich nähert, nicke ich und krieche auf die Rückbank. Die Frau schiebt sich neben mich. Der Mann setzt sich wieder ans Steuer.

Während der gesamten Fahrt sprechen sie kein Wort. Schauen nur stur nach vorne. Der Wagen scheint keine Federung mehr oder nie eine gehabt zu haben. Als wir den Stadtrand erreichen, haben sich meine Knochen und Gelenke umsortiert. Es gelingt mir nicht mehr, meinen Rücken zu orten. Und mein Steißbein hat sich nach oben zum Brustkorb hin verschoben.

Die Fassaden der Wohnblöcke, an denen wir vorbeifahren, wirken wie potemkinsche Dörfer. Ich kann keine Häuser hinter ihnen erkennen. Der Militärwagen poltert über breite, leere Straßen. Und ich wundere mich, dass niemand außer uns unterwegs ist. Auch die Gehwege sind leer. Erst als wir tiefer in die Stadt hineinfahren, erscheinen zwei weitere Jeeps, die in gleicher Geschwindigkeit wie eine Eskorte neben uns herfahren.

Auf dem Platz mit dem kuppelartigen Glasgebäude halten wir an.

Die Frau, die während der ganzen Fahrt bewegungslos neben mir saß, beugt sich kurz vor. Sagt irgendetwas. Der Mann grunzt gegen den Rückspiegel. Dann fährt der Jeep in der gewohnten Geschwindigkeit weiter. Biegt in eine der sternförmig von dem Platz wegführenden Straßen ein. Weiter an gleich aussehenden Fassaden vorbei. Bis er an einem zwischen zwei Wohnblöcke eingeklemmten schmiedeeisernen Portal stehenbleibt.

Ich stoße gegen das Gitter, das die beiden Vordersitze vom rückwärtigen Teil des Fahrzeugs trennt. Noch ehe ich mich wieder eingependelt habe, reißt die Frau die Hecktür auf. Und springt aus dem Wagen. Gleich darauf erscheint ihr Kollege. Die holperige Fahrt scheint ihren Knochen und Gelenken nichts ausgemacht zu haben. Vielleicht tragen sie längst Implantate. Sie deuten mir mit einer ausladenden Geste an, auszusteigen. Schieben mich auf das Portal zu. Die Flügeltore gleiten nach innen.

Ich schließe erschrocken meine Augen.

Und öffne sie wieder.

Vor mir schlängelt sich ein säuberlich gejäteter Kiesweg auf eine barocke Villa zu. Draußen im leblosen Grau der Stadt gab es weder Farben noch Pflanzen. Es öffnet sich eine Oase blühender Sträucher und duftender Blumenbeete. Ich halte mich am Gitter fest. Schaue benommen in den sich vor mir weitenden Garten. Bienen summen zwischen den Blüten hin und her. Vögel zwitschern in den Bäumen und Sträuchern.

Wann habe ich das letzte Mal Pflanzen gesehen? Und wie lange ist es her, dass ich Bienen summen und Vögel zwitschern hörte?

Die uniformierte Frau und ihr Kollege stehen ohne jede Regung vor dem Portal. Als sähen sie nicht, was ich sehe. Ich mache einen Schritt nach vorne. Die Torflügel schließen sich hinter mir. Und während ich dem Geräusch des abfahrenden Wagens nachlausche, taumele ich, betäubt von all den Farben und Düften, auf die Villa zu.

Ein Niemand

„Herr Philipp Simon?"

Der Mann, der seinen opulenten Körper über die Türschwelle wuchtet, hat einen monströsen Lockenkopf. Er zwängt sich hinter einen nicht minder monströsen Schreibtisch. Hängt sein Sakko über die Lehne des dahinterstehenden Stuhls. Und lässt sich auf das Samtpolster plumpsen.

„Philipp ja. Simon nein," sage ich kleinlaut.

Er betrachtet mich über seine blankpolierte Tischplatte hinweg.

„Interessant," sagt er, „setzen Sie sich!"

Seine Stimme und sein gewaltiger Lockenkopf fügen sich in die barocke Atmosphäre des Raums. Als sei er selbst ein Teil des ihn umgebenden Mobiliars.

Ich drehe mich um. Da steht kein Stuhl.

„Sie verschieben weibliche Personen über die Grenze," sagt er träge, als erkläre er einem hereinschlendernden Touristen zum soundsovielten Mal, wie er zur Toilette finde.

Wo bin ich hier? Frage ich mich.

Er blättert in einem aufgeschlagenen Hefter.

„Täglich fliehen Menschen zu uns herüber. Oder lassen sich herüberschmuggeln," sage ich aufgebracht, „und Sie werfen mir vor, eine weibliche Person auf die Seite der Flüchtenden verschoben zu haben? Steht das dort in der Anklageschrift?"

„Anklageschrift?"

Er sieht überrascht auf. Als habe er erst jetzt bemerkt, dass ich vor ihm stehe.

Seine Augen kullern belustigt in ihren Höhlen.

„Anklageschrift? Wie kommen Sie denn darauf? Es gibt keine Anklageschrift, Herr Simon."

„Ich bin nicht Herr Simon. Das sagte ich Ihnen bereits."

„Wie auch immer. Die haben es nicht nötig, Anklageschriften zu verfassen.

„Die?"

„Nun, die, denen Sie entkommen zu können glaubten, und die sie nun hierhergebracht haben. Um Ihnen von mir erklären zu lassen, was Sie offenbar nicht wahrhaben wollen."

Er schlägt den Hefter zu. Auf der Umschlagseite lese ich ‚Bedienungsanleitung für Stich- und Bastelsäge'.

Er fängt meinen Blick auf. Ein verlegenes Lächeln erscheint in seinem Gesicht.

„Ein Geburtstagsgeschenk für meinen Sohn. Um ihn von Computerspielen abzulenken, kommt natürlich nicht von hier," sagt er verschwörerisch, legt einen Finger an seine Lippen. Und wirft seine Mähne nach hinten.

„Meine Frau sagt, das wird nicht den gewünschten Erfolg haben. Es sei wohl eher ein Geschenk an mich selber."

Er zuckt mit den Schultern.

„Vermutlich hat sie recht. Sie müssen wissen, ich bastele in meiner Freizeit. Oder sagen wir, ich versuch's. Aber das nur nebenbei."

Er beugt sich vor und schiebt den Hefter an die äußerste Ecke seines Schreibtischs.

„Sie stehen ja immer noch. Setzen Sie…- oh ich sehe…"

Er schlägt mit dem Handteller auf eine goldglänzende Glocke. Ich denke an das Glöckchen an Heiligabend. Doch statt des Christkinds erscheint ein Diener im Brokatrock und wallender Perücke. Er trägt einen Stuhl mit gedrechselten Beinen vor sich her. Rückt ihn hinter mich. Schreitet würdevoll mit auf dem Rücken verschränkten Armen durch die Tür. Und zieht sie hinter sich zu.

„Die schicken nur selten einen zu mir in die Botschaft herüber. Betrachten Sie das als Vorzugsbehandlung! Warum auch immer."

Erst jetzt begreife ich. Sie haben mich wohl in die Botschaft gebracht. Ich atme erleichtert auf.

Er zieht den Hefter wieder an sich heran. Und klopft mit dem Mittelfinger darauf herum. Vielstimmiges Vogelzwitschern dringt durch das weitoffene Fenster. Zwischen zwei Laubbäumen sehe ich eine riesige Guillotine aufragen.

„Ist Ihnen nicht gut?" fragt der Botschafter besorgt.

„Da draußen! Zwischen den Bäumen…" stammele ich und deute auf das offene Fenster.

„Ja?" fragt der Mann mit den Locken und folgt meinem Blick.

„Ach, Sie meinen die Schaukel? Das sei auch so eine kindische Eigenart von mir, meint meine Frau. In der Mittagspause schaukele ich mich dort in den Schlaf."

„Schaukel?" frage ich.

„Ja eine Schaukel. Was haben Sie denn gedacht?" lacht er.

„Ich weiß nicht. Das ist doch, das sieht doch aus wie…"

„Eine Guillotine, meinen Sie? Ja," sagt er nachdenklich, „Sie sind nicht der Erste, der eine Guillotine da draußen sieht. Gibt es sonst noch etwas, das Sie mir sagen möchten?"

Ist das nicht ein Satz, den man vor Hinrichtungen sagt?

Ich schaue noch einmal in den Garten hinaus.

Das ist ein Fallbeil, denke ich schaudernd. Ist es das, was mich erwartet? Und er will es mir nur noch nicht sagen?

Ich wende meinen Kopf abrupt ab.

„Ja,", sage ich mit fester Stimme, „allerdings. Mein Auto wurde gestohlen. Und mit ihm meine Identität."

Als wähne er sich bereits auf der angeblichen Schaukel, wippt der Botschafter auf seinem Stuhl vor und wieder zurück.

Ich vermeide, noch einen weiteren Blick in den Garten zu werfen.

„Na, na, Herr Simon!" sagt er und schürzt die Lippen, „Sie werden sich doch nicht mit Ihrem Auto identifizieren wollen?"

„Die Papiere befinden sich in meinem Auto. Ich könnte jetzt jeder sein, den man mir andichtet."

„Also auch Herr Simon," sagt er sichtlich erfreut, „sehen Sie es als eine Chance! Ein Angebot, in eine andere Identität schlüpfen zu können. Das mit der eigenen Identität wird ohnehin überbewertet. Wäre es nicht wunderbar, mal nicht mehr man selbst sein zu müssen?"

„Mal nicht mehr ich selbst zu sein? Ja, vielleicht. Kommt darauf an, in welcher Identität man steckt. Und gibt es dann wieder ein Zurück? Was, wenn es sich nicht gut anfühlt, die Identität dieses anderen zu leben?"

Er mustert mich, als versuche er sich gerade vorzustellen in meiner Identität leben zu müssen. Schüttelt seine Locken über seine Schultern. Nickt ein paar Mal nachdenklich vor sich hin.

„Da mögen Sie recht haben, Herr Simon. Aber so ganz ohne Identität ist es wohl auch nicht so prickelnd, wenn Sie mir diesen saloppen Begriff nachsehen wollen. Ich, an Ihrer Stelle, würde das nochmal überdenken."

„Bisher bin ich mit meiner Identität zurechtgekommen."

„Die Sie aber nun nicht mehr haben," sagt er und pustet imaginäre Staubpartikelchen von der den Raum spiegelnden Schreibtischplatte.

„Jetzt setzen Sie sich doch endlich, Herr Simon!"

„Setzen? Ich? Warum sollte ich mich setzen? Ich wurde niedergeschlagen," sage ich aufgebracht, „ich wurde beraubt und unter falschem Namen in einen Raum mit einundfünfzig Pritschen gesperrt…"

„Einundfünfzig Pritschen?" unterbricht er mich, „ich gebe zu, Herr Simon, das scheint auch mir etwas übertrieben für einen einzigen Häftling."

„Häftling? Was habe ich denn verbrochen? Man hat mich als Philipp Simon in diesen Raum geworfen. Ich bin aber nicht Philipp Simon. Wer immer er ist, ich kenne ihn nicht. Ich will nicht ausbaden, was ihm zur Last gelegt wird. Ich habe nichts mit ihm zu tun."

„Sie wurden mir als Philipp Simon hierher in die Botschaft geschickt. Das ist eine ungewöhnlich große Geste. Wollen Sie die Ihnen erwiesene Gunst leichtfertig aufs Spiel setzen?"

„Leichtfertig? Ich bin nicht der, den man offenbar aus mir zu machen versucht."

„Aber wenn Sie nicht Philipp Simon sind, wer sind Sie dann?"

„Ich bin der, den Sie hier vor sich sehen. Was ist daran so schwer zu verstehen?"

„Ich fürchte, Sie verkennen Ihre Situation, sagt der Mann mit dem Lockenkopf und schenkt mir ein gequältes Lächeln, „wie wollen Sie denen beweisen, dass der, der vor ihnen steht, nicht Philipp Simon ist?"

Seine Augen kullern wieder in ihren Höhlen.

„Sehen Sie! Wenn Sie Philipp Simon sind, sitzen Sie als Philipp Simon in diesem, wie Sie es nannten, Pritschenraum ein. Sie werden das Philipp Simon angelastete Vergehen abzubüßen haben. Und sind dann wieder frei."

„Abzubüßen? Welches Vergehen denn? Was weiß ich, was diesem ominösen Simon angelastet wird? Vielleicht ist er ein Mörder, ein Massenmörder, oder noch was Schlimmeres. Und ich soll jetzt die ihm zugedachte Strafe abbüßen?"

Er winkt meine Fragen beiseite.

„Ich kann Sie beruhigen, würde Ihnen ein Mord oder ein anderes Kapitalverbrechen angelastet, stünden Sie jetzt nicht hier vor mir."

„Was soll mich daran beruhigen? Ich habe nicht die geringste Absicht, auch nur irgendeine Strafe, für wen auch immer, abzusitzen."

„Ich fürchte Ihre Absicht ist hier unmaßgeblich," sagt der Mann mit dem Lockenkopf, streckt seine Beine von sich. Massiert seinen Nacken. Und wirft einen Blick in den blühenden Garten hinaus.

„Sind Sie nicht Philipp Simon, dann sind Sie, wie wir gerade gemeinsam festgestellt haben, eine Nichtperson. Jemand, den es nicht gibt. Und wie kann ich mich in meiner Eigenschaft als Botschafter für jemanden einsetzen, der gar nicht existiert?"

„Ach, hören Sie doch auf mit dem sophistischen Hickhack! Ich stehe hier. Vor Ihnen. Sehen Sie mich an!"

Ich klopfe mit beiden Händen auf meine Brust, taste mit den Fingern über mein Gesicht.

„Es gibt mich. Hier, schauen Sie! Das bin ich!"

Der Botschafter breitet seine Arme vor mir aus, senkt seinen Kopf und betrachtet mich durch seine langen weißblonden Wimpern.

„Wie sagt man so schön? Lieber der Spatz in der Hand als die Taube auf dem Dach. Sehen Sie es so: es wird Ihnen eine neue Identität angeboten. Sie werden sich selbst und alles, was damit zusammenhängt, ein für alle Mal los. Sie können nochmal ganz von vorne anfangen. Eine Chance, um die Sie viele beneiden würden. Die Chance, aus dem Leben, das zu leben man ein Leben lang gezwungen ist, in ein anderes umzusteigen."

„Ich will aber weder Spatz noch Taube," sage ich aufgebracht, „ich will mich nicht in diesen Simon verwandeln lassen. Wie kann ich wissen, welche Konsequenzen ich zu erwarten habe, die er mir durch sein Vorleben auflädt?"

„Und wenn ich Ihnen sagte, dass es ihn gar nicht gibt, diesen Simon?"

Er wirft mir einen ermunternden Blick zu.

„Was hätte ich dann gewonnen? Dann wäre ich wieder ein Niemand, einer, den es nicht gibt."

„Nicht doch," winkt der Botschafter ab, „Sie bedienen sich seines Namens und füllen ihn mit sich aus. Das ist so, als würden Sie neu auf die Welt kommen. Ohne sich weiter mit der sich auf ihre Zukunft auswirkenden Vergangenheit herumschlagen zu müssen."

„Bin ich hierhergebracht worden, um mich überzeugen zu lassen, in eine andere Person zu schlüpfen? Ist das die große Geste, die Sie erwähnten? Ich frage mich, wem nützt es, dass ich mich in diesen Simon verwandele? Und wie kann ich wissen, dass es nicht wieder eine Falle ist, in die man mich zu locken versucht?"

„Was meinen Sie mit ‚wieder'? In welche Falle sind Sie denn schon gelockt worden?"

„Nun, an der Grenze wurde ich bereits erwartet. Die Wärter haben die Tür zu meinem Pritschenraum absichtlich aufgelassen, um mir die Sinnlosigkeit eines Fluchtversuchs vor Augen zu führen."

Der Botschafter schaut auf die sonnenbeschienene Bücherwand neben seinem Schreibtisch. Und fummelt an seiner Krawatte.

„Ich bin etwas überrascht, Herr Simon. Derlei würden Sie mir zutrauen? Vielleicht haben Sie es nicht begriffen: ich bin auf Ihrer Seite. Mir können Sie vertrauen."

„Vertrauen? Können Sie mir nur einen einzigen Grund nennen, warum ich Ihnen in dieser Sache vertrauen sollte?"

Ein sibyllinisches Lächeln gleitet über sein Gesicht.

„Das muss ich gar nicht. Ich fürchte, Sie haben keine große Auswahl von Vertrauenspersonen, auf die Sie sich stützen können. Und vor allem, was gewinnen Sie durch Ihre hartnäckige, nicht beweisbare Behauptung, nicht Herr

Simon zu sein? Denn Ihre Behauptung allein wird denen nicht genügen."

„Aber ich bin nun mal nicht dieser Philipp Simon. Das ist schlicht die Wahrheit. Ohne der zu sein, der ich bin, verliere ich mich aus mir selbst. Wie kann ich ich bleiben, wenn ich ein anderer bin? Ich bin nur ich, wenn ich ich bin."

Er wirft mit einem eleganten Ruck die Locken aus seinem Gesicht. Und lächelt.

„Ihr Wortspiel gefällt mir, Herr Simon, wirklich! Vielleicht sollten Sie sich an das Formulieren von Gedichten heranwagen. Ich kann da durchaus eine Begabung bei Ihnen erkennen," sagt er wohlwollend, „lassen wir mal die so oft strapazierte Wahrheit beiseite! Wir glauben doch alle, im Besitz der einzig richtigen Wahrheit zu sein. Die Sie zu mir geschickt haben, behaupten, Sie seien Philipp Simon. Sie dagegen behaupten, sie seien es nicht. Zwei kollidierende Wahrheiten. Und mir fällt nun die undankbare Aufgabe zu, die beiden widersprüchlichen Wahrheiten zu einer Wahrheit zusammenzuführen."

Der Botschafter lehnt sich zurück.

„Erzählen Sie mir doch einfach mal, was geschehen ist! Sie haben also eine Anhalterin mitgenommen. In Ihrem Auto. Die Anhalterin ist verschwunden. Ihr Auto auch. Stimmt das so in etwa?"

„Ja, aber in umgekehrter Reihenfolge."

„Ist das von Bedeutung?"

„Natürlich ist die zeitliche Reihenfolge von Bedeutung. Man kann nicht sterben, wenn man nicht zuvor gelebt hat. Zum Beispiel."

Einen Augenblick lang huscht etwas über sein Gesicht, das ich nicht zu deuten vermag.

„Ihr Auto ist also zuerst verschwunden und..."

„Und dann Anna," ergänze ich.

„Anna?" fragt er, den Anfangsvokal in die zweite Silbe hineinsingend, „Sie kannten also die junge Frau?"

131

Er verschränkt die Arme über seiner Brust.

„Nein, ich kannte sie nicht. Ihren Namen hat sie mir erst später gesagt."

Ein Türflügel wird aufgestoßen. Der Diener trägt hoch erhobenen Hauptes ein Messingtablett herein. Setzt es auf dem riesigen Schreibtisch ab. Verbeugt sich. Und verlässt wortlos wieder den Raum.

Der Mann mit den Locken nimmt ein paar Zuckerwürfel aus einer glänzenden Dose. Wirft sie in die dampfende Tasse. Beugt sich vor. Und bläst wieder unsichtbare Fussel von seiner Schreibtischplatte.

„Der diensthabende Grenzkontrolleur hat von einer schlafenden jungen Frau auf dem Beifahrersitz berichtet. Zuerst habe er ein Liebespaar vermutet. Erst im Nachhinein hatte er den Eindruck, dass sich die junge Frau schlafend gestellt habe. Er sei nachdenklich geworden und habe einen Vermerk ins Grenzbuch gemacht. Tatsächlich kamen Sie ja dann von der anderen Seite der Grenze wieder zurück. Ohne Auto. Und ohne diese Frau. Warum sind Sie wieder zur Grenze zurückgekehrt, Herr Simon? Finden Sie, das war eine kluge Entscheidung? Wenn Ihre Papiere doch angeblich in ihrem verschwundenen Auto waren? Glaubten Sie, Sie kämen ohne Ausweispapiere über die schwerbewachte Grenze? Oder wollten Sie durch den Minenstreifen laufen? Und über den Elektrozaun klettern?"

„Ich hatte nicht vor hier zu bleiben. Ich wollte wieder zurück. Ist das so unverständlich?"

„Sie sind mit einem Auto und einer Ihnen unbekannten Person, die Sie namentlich erwähnen, in ein anderes Land eingereist und wollten es ohne Auto, ohne die mitgenommene Person und ohne Ausweispapiere wieder verlassen? Kommt Ihnen das nicht merkwürdig vor?"

„Ja, das kommt mir in der Tat merkwürdig vor. Genau deshalb bin ich wieder an die Grenze zurückgegangen, um meinen Verlust zu melden. Und statt mich darüber aufzuklären, sperrt man mich ein. Kommt Ihnen das nicht noch merkwürdiger vor?"

Das Telefon läutet. Der Botschafter hebt den Hörer ab. Lauscht ein paar Minuten in ihn hinein. Betrachtet mich. Nickt. Betrachtet mich wieder. Und lässt den Hörer dann langsam auf den Apparat zurücksinken.

„Wozu soll Ihre Befragung gut sein, wenn Sie nicht glauben, was ich Ihnen berichte?"

Er zieht die Bedienungsanleitung wieder zu sich heran. Und nestelt daran herum.

„Ich fürchte, für Glaubensangelegenheiten sind wir nicht zuständig. Eine Botschaft ist keine Kirche."

„Ich weiß, dass das alles ziemlich unwahrscheinlich klingt," sage ich, „aber es ist das, was mir widerfahren ist. Weil wir gewohnt sind, dass das Wahrscheinliche eintritt, räumen wir dem Unwahrscheinlichen keinen Platz ein, auch wenn es das ist, was eintritt."

„Wir befinden uns hier auch nicht in einem Philosophieseminar, Herr – naja, wählen Sie selbst, wer Sie sein wollen!" lächelt der Mann und zwirbelt an seinen Locken, „vielleicht sollte ich Sie über den Kompetenzrahmen einer Botschaft aufklären. Wir arbeiten hier weder mit Glaubenssätzen, noch mit Wahrscheinlichkeiten oder Unwahrscheinlichkeiten. Wir arbeiten hier ausschließlich mit Fakten."

Das Telefon läutet wieder. Der Botschafter betrachtet seine säuberlich gereinigten Fingernägel. Und lässt das Telefon weiterläuten.

„Warum, glauben Sie, wollte Ihre Anhalterin, dass Sie an dieser Parkbucht anhalten, von der Sie mir erzählt haben?" fragt er mich plötzlich.

„Es hätte auch jede andere sein können."

„Aber es war diese. Sehen Sie, das ist der Unterschied zwischen Wahrscheinlichkeiten und Fakten, Herr Simon."

Er betrachtet die Sonnenstrahlen, die über seine Schreibtischplatte vorrücken. Als sie seine Handrücken erreichen, stemmt er sich hoch. Nimmt sein Sakko von der Lehne. Schüttelt sich in die weiten Ärmel. Schlendert mit federnden Schritten an das große Bogenfenster. Und zieht die schweren Vorhänge zu.

Die Gesänge der Vögel dringen jetzt nur noch gedämpft in den abgedunkelten Raum.

„Sie wollen es nicht verstehen," sage ich resigniert, „ich bin nicht der Täter. Ich bin das Opfer. Ich bin bestohlen und zusammengeschlagen worden. Und dafür sitze ich bereits eine Ewigkeit in diesem Pritschenraum."

„Ewigkeit? Das ist ein starker Begriff, Herr Simon," sagt er mit gewichtiger Miene.

„Ein Warten, dessen Ende nicht absehbar ist, abgeschirmt von der Außenwelt, eingeschlossen von undefinierbarem Gluckern, glauben Sie mir, das fühlt sich wie eine Ewigkeit an."

Der Botschafter greift nach der Bedienungsanleitung. Rollt sie zusammen. Und steckt sie in die rechte Seitentasche seines Sakkos.

„Sie sitzen hier auf einem bequemen Sessel. Hinter einem beeindruckenden sonnenbeschienenen Schreibtisch. Durch die weit offenen Fenster zwitschern Vogelgesänge herein. Sie wissen, dass Sie in Kürze aufstehen und nach Hause gehen werden. Stellen Sie sich vor, wie es ist, sich in einem von der Außenwelt abgeriegelten Raum zu befinden, in dem man nach kleinsten Intervallen sucht, um zu erspüren, wie und ob überhaupt Zeit verstreicht? Und weil man sich an keinen Anfang zurückerinnern kann und kein Ende vor sich sieht, klammert man sich an das geringste Detail, um dem trostlosen Gleichklang der Leere zu entkommen, die sich in alle Richtungen erstreckt."

„Es ist überaus interessant, Ihren Ausführungen über Zeit und Ewigkeit zu lauschen. Ja, Sie haben recht, ich habe jetzt Feierabend und werde nach Hause gehen. Ich erkenne die prekäre Situation, in der Sie sich befinden. Sind Sie Philipp Simon, kann Ihnen die Botschaft vielleicht Asyl gewähren. Sind Sie nicht Philipp Simon, wären die gegen ihn gerichteten Anschuldigungen zwar irrelevant für Sie. Da Sie das aber nicht beweisen können, steht ein Niemand hier vor mir. Folglich saß auch ein Niemand in dem von Ihnen erwähnten Pritschenraum ein. Sagen Sie selbst, was kann ich für jemanden tun, den es nicht gibt?"

Er zieht den Hefter nochmal aus der Seitentasche seines Sakkos. Legt ihn auf die Schreibtischplatte zurück. Und beobachtet nachdenklich, wie er sich wieder entrollt.

„Sie werden vielleicht sagen, Ihre Identität erschöpft sich nicht in der Existenz Ihrer Ausweispapiere, die in ihrem angeblich gestohlenen Auto liegen," sagt er mit wohlwollender Stimme, „die Fülle Ihres Wesens, alle die Ihre Persönlichkeit ausmachenden Qualitäten, Ihr Denken, Ihr Fühlen, Ihr ganzes Sein bleibt auch ohne einen amtlichen Nachweis durch Ihre Papiere erhalten."

Die Andeutung eines Lächelns erscheint auf seinem Gesicht. Er rollte den Hefter wieder zusammen. Und steckt in eine seiner Sakkotasche zurück.

„Aber durch das Fehlen des Nachweises Ihrer Existenz, sind Sie für die Menschen um sie herum nicht identifizierbar. Folglich auch nicht verfügbar. Wenn die Menschen um sie herum in Ihre Richtung schauen, sehen sie dort niemanden. Sie existieren weiter, aber für niemanden wahrnehmbar."

Er öffnet die Tür. Dreht sich noch einmal um.

„Ich habe mir Ihre verworrene Geschichte angehört. Es liegt jetzt an Ihnen, sich zu entscheiden, ob Sie die Ihnen vorgeschlagene Identität annehmen wollen. Vielleicht werden Sie dann noch einige Zeit einzusitzen haben, aber Sie sind Jemand. Wenn Sie sich zu Philipp Simon bekennen. Beharren Sie hingegen darauf, ein anderer zu sein, ohne dies beweisen zu können, werden Sie ein Niemand bleiben. Mit all den anhängigen Konsequenzen. Die Botschaft wird sich für Herrn Philipp Simon einsetzen, das verspreche ich Ihnen. Aber sie kann sich nicht für jemanden einsetzen, der nicht existiert. Es ist Ihre Entscheidung."

Ein Sonnenstrahl verirrt sich durch die leicht hin und her wehenden Vorhänge.

„Sie erzählen alle ihre Geschichten, die hier zu mir hereingeschickt werden, " sagt er, als spreche er von einem anderen Stern, der sich immer mehr von mir entfernt.

„Jene, die Sie zu mir geschickt haben, erzählen ihre Version. Sie erzählen mir die Ihre. Und ich habe die freudlose Aufgabe, mir beide anzuhören und so zu tun, als wägte ich sie gegeneinander ab, obwohl ich von vornerein weiß, dass es deren Geschichten sind, denen ich Glauben zu schenken gezwungen bin. Mein lieber Herr Simon, Sie sind da offenbar in etwas hineingeschlittert, das etliche Nummern zu groß für Sie ist. Und dessen Konsequenzen Ihr und auch mein Vorstellungsvermögen überschreiten dürften."

Er legt seine Hand beschwichtigend auf meinen Unterarm.

„Was ich Ihnen damit zu verstehen geben will: Sie werden da nur herauskommen, wenn Sie nicht weiter auf Ihrer Geschichte beharren."

„Ich fürchte, ich kann Ihnen nicht folgen."

„Wie ich Ihnen schon sagte, wenn Sie sich dazu bekennen, Philipp Simon zu sein, wird das, in das Sie hineingeraten sind, irgendwann ein Ende nehmen."

„Ich soll mich einverstanden erklären, der zu sein, der ich nicht bin?" sage ich fassungslos.

„Was immer passiert sein mag und wer immer Sie sind, weder unsere Seite noch die andere Seite werden die fragilen Beziehungen zwischen unseren benachbarten Ländern wegen dieses unbedeutenden Zwischenfalls gefährden wollen. Also überlegen Sie sich gut, ob Sie sich dafür entscheiden wollen, ein Verlierer zu sein!"

„Verlieren macht einen noch nicht zum Verlierer. Wer nicht verlieren kann, ist ein Verlierer," sage ich und schaue meinen Worten misstrauisch hinterher.

„Nun, dann haben Sie sich ja schon entschieden," sagt er und schiebt mich sanft aus dem barocken Raum in den Garten hinaus. Vorbei an den blühenden Bäumen und

Sträuchern, die ihren Duft um mich wehen. Bis zum Eingangsportal, wo mich die beiden Uniformierten wieder in Empfang nehmen.

Der Gegensatz ist gewaltig. Wo eben noch Vögel tirilierten und Insekten von Blüte zu Blüte summten, fällt nun graue Stille wie ein nasses Tuch auf mich herab.

Als ich mich noch einmal umdrehe, sehe ich sie wieder klar und deutlich zwischen zwei großen Laubbäumen stehen.

Nein, das ist keine Schaukel, denke ich während mich die Frau auf die Rückbank schiebt und sich neben mich zwängt. Der Mann schlägt die Hecktür zu. Hievt sich auf den Fahrersitz. Der Wagen fährt los.

Der letzte Satz des Botschafters dräut über mir, wie das Fallbeil in seinem Garten. Das er mir als Schaukel einzureden versucht.

Im Innern der Erde

Ich weiß nicht, ob es dieselben Frauen sind, die mich jetzt in endlosen Spiralen durch enge Korridore wieder abwärtsführen? Jedenfalls tragen auch sie weiße Uniformen. Und ähneln einander wie Zwillinge. In ihren maskenhaften Gesichtern kann ich kein Wiedererkennen entdecken.

Wortlos schieben sie mich mit sanftem Druck gegen meine Schultern in tänzelnden Schritten, an offenstehenden Eisentüren vorbei. Tiefer und tiefer in die Erde hinein.

Ich weiß auch nicht, wie tief wir bereits eingedrungen sind, als ich plötzlich spüre, wie der Druck auf meinen Schultern nachlässt. Die zwei uniformierten Frauen halten inne. Drehen ihre Köpfe mechanisch nach rechts. Und als ich ihrem Blick folge sehe ich eine offene Eisentür, die weißes Licht in den Korridor spuckt. Das ist also der neue Raum, der mir auf unbestimmte Zeit zugedacht ist, denke ich, und lasse mich willenlos der blendenden Helle entgegenschieben.

Auch hier nur leere Pritschen, in der vertrauten symmetrischen Anordnung. Von grobgemauerten feuchten Wänden umgeben. Und während ich mich wieder durch die Drahtgestelle schleuse, berühre ich jedes einzelne, um mich zu vergewissern, dass sie und ich gleichzeitig vorhanden sind. Beim letzten angekommen, bestätigt sich, was ich schon vorausgeahnt habe. Es sind einundfünfzig leere Drahtgestelle. Und doch kann es nicht der Raum sein, in dem ich zuvor weggeschlossen war. Die weißuniformierten Frauen haben mich viel tiefer ins Erdinnere hineingeführt.

Hier unten gibt es nicht einmal mehr eine Fliege.

Stattdessen einundfünfzig Schlafplätze für mich allein. Denke ich. Für jede Woche des Jahres eine Pritsche. Nein. Das Jahr hat zweiundfünfzig Wochen. Für die letzte Woche darf ich es mir aussuchen, wo ich die Nächte verbringe. Denke ich.

Doch schon bald begreife ich, es gibt keine Wochen hier unten. Es gibt weder Tage noch Nächte. Ich weiß nicht, ob ich nachts oder tagsüber schlafe. Es gibt keinen Rhythmus im Zerfließen der Zeit. Nur immerwährendes gleichbleibendes Licht. Irgendwann weiß ich nicht mehr, ob ich überhaupt schlafe. Oder nur träume, dass ich schlafe. Und träume, dass ich wach bin. Ob meine Gedanken an meine Träume andocken. Oder meine Träume an meine Gedanken. Vergeblich versuche ich zu erspüren, ob ich von einem Traum ins Bewusstsein oder vom Bewusstsein in einen Traum hinübersacke. Es gibt keine Trennung mehr zwischen dem was ist und dem was ich mir nur vorstelle. Alles ist ineinander verwoben. Und nach und nach gewöhne ich mich auch so sehr an die andauernde Helligkeit, dass ich mir das Dunkel gar nicht mehr vorzustellen vermag.

Nur am stets wiederkehrenden Klacken des durch den Türspalt geschobenen Tellers, erkenne ich, dass die Zeit nicht stehenbleibt. Sie kreist in einer Endlosschleife um mich herum. Aber sie fließt nicht ab.

Die über mir wuchtende Erde schiebt die Wände meiner Zelle immer näher an mich heran. Bis Außenwelt und Innenwelt sich ineinanderschieben.

Ich sauge die muffige Luft meiner Zelle in meine Lungen. Und stoße sie wieder in meine Zelle zurück. Lausche meinen Atemzügen. Wie sie vergeblich an den Rändern der Stille rütteln.

Immerhin atme ich. Denke ich. Wenigstens das.

Der Wärter mit ,Trost von Großvater' scheint nicht mehr bis zu mir herunterzufinden. Hier unten gibt es nicht einmal mehr eine Fliege. Denke ich.

Und dann sehe ich plötzlich unzählige winzige Kriechtiere an den feuchten Mauern entlang nach oben krabbeln.

Sind das Fliegen?

Sie stupsen sich gegenseitig beiseite. Als wollte jede von ihnen als erste oben sein. An der Decke angekommen, bewegen sie sich aufeinander zu. Versammeln sich über meiner Pritsche. Kriechen ineinander, übereinander. Bis sie sich zu einem schwarzen Klumpen verdichtet haben. Der auf mich herunterfällt.

Erschrocken springe ich auf.

Doch als ich sie zu berühren versuche, ist da nichts. Nur das nackte Drahtgeflecht meiner Pritsche.

Ich schreie gegen die grelle Stille an. Die sich wie eine Bleiplatte auf mich heruntersenkt. Schlängele mich in immer ausgefalleneren Varianten durch die Reihen der Pritschen. Ich spüre, wie die Kälte in mich eindringt, wenn ich mit den Handrücken über das Eisen der Gestelle streife. Spüre, wie bei jeder Berührung etwas von mir an ihnen haftenbleibt.

Irgendwann wird alles, was ich bin, an diesen Pritschen kleben. Denke ich. Dann wird nichts mehr von mir übrig sein.

Und ich brülle. Brülle gegen die Stille an.

„Ich bin es nicht! Ich-bin-es-nicht!" schreie ich gegen die Stille an. Um aufzuscheuchen, was sich vielleicht in ihr verborgen hält. Schreie immer weiter. Immer lauter.

Bis sich meine Zelle plötzlich zu weiten beginnt. Als wichen die Wände vor meinen Schreien zurück. Um dieser alles verschlingenden Stille noch mehr Platz einzuräumen. Ich schreie, schreie, schreie. Dann begreife ich, dass die Stille in mir selber ist. Sich in mir eingenistet hat. Und dort festsitzt.

Die an einem losen Kabel über mir hängende Glühbirne fängt zu schaukeln an. Die Mauern herum beginnen zu tanzen. Die Drahtgestelle vibrieren. Etwas zerrt an meinem Pullover, an meinen Hosenbeinen. Und jetzt sehe ich gespenstische Schatten unter den Pritschen hervorkriechen. Sie huschen an mir vorbei. Auf die Eisentür zu. Als seien die Seelen aller, die vor mir dies Verlies bewohnten, durch mein Geschrei zum Leben erwacht.

Ein Raunen wächst aus der Stille. Wie ein mit leichter Hand gestrichener Bogen über die tiefste Saite eines Cellos. Das Raunen schwillt an. Als wolle es etwas ankündigen. Etwas, das gleich geschehen würde, ja geschehen müsse. Etwas Großes. Vielleicht die Antwort aus dem Innern der Erde, auf eine Frage, die ich zu stellen versäumt habe. Eine Frage, die zu mir zu groß erschien für mein in diesen erbärmlichen Raum eingesperrtes Dasein.

Noch immer huschen die geisterhaften Schatten an mir vorbei, auf die Tür zu. Und jetzt sehe ich, dass sie durch einen Spalt in der Tür verschwinden.

Die Tür ist offen!

Misstrauisch schlurfe ich über den glitschigen Boden. Spähe durch den Türspalt.

Niemand. Der Gang ist leer.

Ist es das, das Große, was sich in diesem Raunen ankündigt? Die Chance, mit all diesen wieder zum Leben erwachten Seelen der einst hier Eingesessenen aus diesem Kerker zu entfliehen?

Schritt für Schritt schiebe ich meine Füße voran. Als könne sich unter jeder der riesigen Steinplatten eine Falltür öffnen. Auf beiden Seiten der düsteren Korridore kann ich offene Türen erkennen. Moderige Finsternis gähnt mir aus ihnen entgegen.

Bin ich nicht schon einmal durch diesen oder einen ähnlichen Gang geirrt? Es kommt mir vor, als sei es eben erst gewesen. Und doch kann ich mich nicht erinnern.

Der Gang führt in ausladenden Kreisen immer weiter aufwärts. Bis ich plötzlich an einer Mauer stehe.

Und jetzt erinnere ich mich.

Sie haben mich noch einmal in eine Falle gelockt. Denke ich. Aber statt Panik oder Angst spüre ich nur Gleichgültigkeit und Leere in mir.

„Ich bin hier! Hallo! Hier bin ich!" rufe ich in den Gang zurück.

„Bin ich, bin ich, bin ich," hallt es zu mir zurück.

Die haben mich hier unten eingemauert. Schießt es mir durch den Kopf. Und jetzt fängt mein Herz zu tosen an. Ich rufe noch einmal. Und noch einmal. Doch es sind immer nur meine eigenen Worte, die wieder zu mir zurücktönen. Ich hämmere mit meinen Fäusten gegen die Mauer. Atme ein ohne auszuatmen.

Gleich wird meine Lunge platzen. Denke ich.

Dann sehe ich die Eisenplatte über mir.

Mit heftigem Zischen entweicht die Luft aus meiner Lunge. Ich starre die Eisenplatte an, unfähig mich zu bewegen. Nach und nach beruhigt sich mein Atem. Meine Erstarrung löst sich. Ich klopfe gegen die Platte. Sie gibt einen glockenartigen Ton von sich. Der in meinem Kopf widerhallt. Ich lausche. Und warte. Noch einmal klopfe ich behutsam gegen die Platte. Nichts. Ich drücke mit meinen Händen dagegen. Sie lässt sich mühelos wegschieben. Und nun sehe ich auch die in die Mauer eingearbeiteten kleinen Trittflächen. Ich klettere mit Händen und Füßen hoch. Stemme mich über den Rahmen der Falltür. Weiße Lichtfülle strahlt mir entgegen. Ich lege meine Hände auf meine Augen. Und blinzele zwischen meinen Fingern hindurch.

Ich erkenne sie sofort, die monumentale Glashalle, die sich vor mir weitet. Auf der gegenüberliegenden Seite sirrt die Drehtür, durch die ich irgendwann hineingestoßen wurde. Immer noch geblendet vom grellen Licht, das durch die Glaswände sickert, taumele ich auf die Tür zu. Und lasse mich ins Freie kreiseln.

Die Glaspaläste um mich herum spiegeln die alles vereinnahmende Leere des Platzes wider. Als seien Straßen und Gebäude sich selbst überlassen worden. Dennoch fühle ich mich aus Hunderten von Fenstern beobachtet. Der Himmel hängt diesig, wie eine milchige Decke über der Geisterstadt. Ich stehe wie eingemauert in die erstarrte Szenerie. Nur die Drehtür dreht sich unablässig weiter um sich selbst. Ich beobachte, wie die Dunkelheit in die leeren Straßen kriecht. Und jetzt setzen sich meine Füße in Bewegung.

Ohne mich nochmal umzusehen, laufe ich die breiten Stufen hinunter, die auf den Platz führen. Haste auf die Straße zu, die in den Platz mündet. Habe das Gefühl, von unzähligen Augen beobachtet zu werden. Und schaue argwöhnisch zu den in die Glaswände eingelassenen Fenstern hoch.

Schattenbänder fangen an, die Straßen zu überfluten. Ich laufe schneller. Nirgendwo sehe ich Seitengassen. Es gibt keine Winkel oder Ecken. Nur diese eine breite leere Straße. Ich laufe weiter. Die Stadt will kein Ende nehmen. Bis ich irgendwann außer Atem vor einer riesigen schwarzen Wand stehe. Und jäh innehalte. Als ich die Hand ausstrecke, um sie zu berühren, greife ich in die Finsternis.

Ich drehe mich um.

Ein letzter Lichtschimmer fließt über die Dächer der Geisterstadt. Dann versinkt sie in der Dunkelheit. Erst nach und nach sehe ich einzelne Lichtpunkte über mir blinken. Immer mehr blitzen auf. Und schon nach wenigen Minuten weitet sich der Sternenhimmel über die horizontlose Ebene. Ich spüre den Sog der Schwerkraft unter meinen Füßen. Als wolle mich die Erde in ihr Innerstes zurückzerren. Wo sie mich, wer weiß wie lange, gefangen hielt. Diese Erde, die sich als winziger Lichtpunkt in die mich umkreisenden Welten einfügt.

Ich stemme mich gegen den Sog. Schaue flehend zu den blinzelnden Welten hoch. Und plötzlich spüre ich, wie der Sog nachlässt. Und ich laufe in die Ebene hinaus. Vielleicht schaut ja einer der Bewohner dieser fernen Welten gerade auf die Erde herunter. Dann sieht er eine klitzekleine, kaum wahrnehmbare Sternschnuppe über die Erdoberfläche huschen. Die, wenn ich mich jetzt auf den feuchten Boden werfe, vor seinen Augen verglüht.

Teil 3

Morgendämmerung

Anna

Ich spüre die feuchte Erde unter mir, als ich wieder bei mir ankomme. Die Mondsichel lugt hauchdünn durch ein Loch in der Wolkendecke. Und weitet einen silbernen Hof um sich herum. Ich sehe das nasse Asphaltband durch den feuchten Schleier der Morgendämmerung schimmern. Schräg über mir schwebt der Große Wagen. Die Deichsel neigt sich so nahe dem Horizont zu, als berühre sie bereits die Ebene.

Und jetzt sehe ich auch die von Büschen eingerahmte Parkbucht. Und obwohl ich sie sofort erkenne, kommt es mir vor, als sähe ich sie zum ersten Mal hier. Als läge die Erinnerung vor mir, nicht hinter mir.

Es fängt leise zu regnen an. Durch die hauchdünnen Fäden sehe ich zwei Lichtpunkte, die schnell näherkommen. Und auch jetzt habe ich das Gefühl, mich an etwas zu erinnern, was ich irgendwann in unabsehbarer Zeit erleben werde und jetzt in diesem Augenblick zum ersten Mal sehe. Als hätten sich Zukunft und Vergangenheit miteinander vertauscht. Das nun lauter werdende Brummen eines Motors versucht, wachzurütteln, was war und was ist. Ein Wagen kommt in großer Geschwindigkeit näher. Schleudert auf beiden Seiten der Lichtbahnen Wasser in die Ebene hinaus. Und schiebt versunkene Erinnerungen auf mich zu. Das durch den Regen abgedämpfte Röhren lässt mich erstarren.

Ich will meine Arme hochheben. Doch sie stecken in meinem Parka fest. Ich zerre an den Nähten der Taschen. Kreisele wie eingeschnürt um mich herum. Als ich meine Hände endlich frei bekomme, ist der Wagen schon an mir vorüber. Wirft eine Fontäne Schmutzwasser auf mich. Ich laufe auf die Straße. Schlittere über den glitschigen Asphalt. Rudere mit meinen Armen. Die Bremslichter leuchten auf. Der Wagen rollt langsam zurück. Die rechte Seitentür öffnet sich. Weiße Rauchschwaden nebeln aus zwei Auspuffrohren gegen die offene Beifahrertür.

Ich kann mich nicht an zwei Auspuffrohre erinnern.

Sonst ist alles, was war, wieder jetzt.

Ich lausche in den satten Klang des blubbernden Motors. Lasse meinen Blick über die Karosserie gleiten. Es regnet jetzt stärker. Die Formen verschwimmen in der dämmrigen Nässe. Doch ich erkenne ihn auch so. Das Nummernschild ist nicht mehr dasselbe. Und etwas ist am Motor verändert worden. Doch es gibt keinen Zweifel. Es ist mein Wagen.

Ich schüttele das Wasser aus meinen Parkataschen.

„Was is? Wenn du nicht mitwillst, mach die Tür wieder zu! Ich hab' keine Lust, die Ebene zu heizen."

Ihre Stimme hat sich nicht verändert. Aber es klingt als spreche sie in etwas hinein, das ich bei der schummrigen Innenbeleuchtung nicht sehen kann. Durch die offene Beifahrertür erkenne ich eine schwarze Schattengestalt hinter dem Steuerrad. Ich durchforste meine Erinnerungen, versuche sie in das Geschehende einzuordnen.

„Was nützt es dir, rückwirkend zu ordnen, was ungeordnet stattgefunden hat?"

Teresa! Erschrocken fahre ich zusammen.

War ich so tief unter der Erde, dass selbst sie mich nicht mehr erreichte?

„Woher kommt nur die Besessenheit der Menschen, die chaotisch über sie hereinbrechenden Ereignisse im Nachhinein ordnen zu wollen?" fährt Teresa fort, *„die Evolution hätte uns auch am Hinterkopf Augen wachsen lassen, wenn wir zurückschauen sollten."*

Ich lasse mich auf den Sitz fallen. Taste verwirrt unter meine Kniekehlen. Ihr Handsack liegt noch immer vor dem Beifahrersitz. Und als ich mich umdrehe, sehe ich die

Mineralwasserflasche auf der Rückbank schaukeln. Im Innenraum des Wagens scheint alles unverändert zu sein. Nur am Motor hat jemand rumgefummelt. Ich spüre die Vibrationen unter meinen Füßen.

„Zieh endlich die Tür zu!"

Der Wagen braust los. Ich werde an die Sitzlehne gedrückt. Nur mit Mühe gelingt es mir, mich nach vorne zu rappeln. Immer noch quillt Wasser aus meinen Schuhen und Parkataschen.

Durch das jähe Anfahren ist die Tür von selbst zugeklappt.

Ich wringe die Nässe aus meinen Haaren.

„Igitt! Lass das Wasser, wo es ist! Du versaust mir ja das ganze Leder!"

Der Wagen rast über die nasse Fahrbahn.

Ich werfe einen Blick neben mich. Jetzt da die Innenbeleuchtung abgeschaltet ist, sieht es aus als säße niemand hinter dem Lenkrad. Das schwarze Schattenbild ist verschwunden.

„Schnall dich an!" bellt es neben mir. Die Kraft des Motors scheint in sie übergesprungen zu sein.

Obwohl wir bereits mit sehr hoher Geschwindigkeit fahren, drückt sie das Gaspedal noch weiter nach unten. Was hat sie mit dem Motor gemacht?

„Nicht, dass mir was an deinem Leben läge..." sagt sie wie durch Watte. Und schiebt ein glucksendes Kichern hinterher.

Ihre Stimme reibt auf meiner Haut.

„Es nervt mich nur, wenn die Anzeige hier dauernd blinkt! Das Abschalten dieses bescheuerten Piepstons haben sie hingekriegt. Leider nicht das Geblinke auf dem Armaturenbrett."

Die Scheinwerfer schießen Lichtpfeile auf die Wasserwand zu. Schieben die Straße vor sich her. Ich scharre mit meinen Schuhen auf dem nassen Teppich. Schüttele mich.

Es nützt nichts. Die Nässe hat sich in meinen Knochen eingenistet.

„Was zappelst du denn herum? Ist dir der Sitz meiner Limousine zu unkommod?"

Wieder habe ich den Eindruck, als verschöben sich Gewesenes und Geschehendes.

Ich presse meinen Rücken nach hinten. Aber es gelingt mir nicht, die Füße ruhig zu halten.

„Unkommod. Limou-," bröckelt es aus mir heraus. Und ich erschrecke so sehr über meine Stimme, dass mir der Rest des Wortes im Mund steckenbleibt.

Wie lange habe ich nicht gesprochen?

„Plapperst du mir etwa hinterher? Und hör endlich auf, Wassertropfen in meinem Auto zu verteilen!"

Sie riecht stark blumig. Ich schniefe ein paar Mal. Klicke dann auf den rechteckigen Knopf in meiner Armlehne. Bis das Fenster eine Handbreit heruntergleitet.

„Passt dir mein Parfüm nicht?"

Der Wagen gerät in eine Wasserrinne. Bricht aus. Kommt ins Schlingern. Als könnte ich ihn damit ins Gleichgewicht bringen, drücke ich mit ausgestreckten Armen gegen die Ablage. Mit einem sanften Manöver bugsiert sie das schwere Fahrzeug spielerisch wieder in Fahrtrichtung. Als hätte sie nie ein anderes Auto gefahren.

„Kannst es ruhig zugeben!" kichert sie, „ich mag's selber nicht. War ein Fehlkauf. Aber nun isses eben drauf. Was soll ich machen?"

Hat sie damals gekichert? Ich kann mich nicht erinnern.

„Fehlkauf?" kommt es aus mir heraus. Und wieder erschrecke ich mich.

Ich klicke nochmal. Die Fensterscheibe fährt wieder etwas nach oben. Nacht und Regen wirbeln durch den schmalen Spalt. Mischen sich mit den schweren Blütenextrakten, die von ihr herüberwehen. Der Fahrtwind säuselt in mein rechtes Ohr.

„Der Duft, Mann! Dachte, es würde den herben Geruch aus dem Stoff vertreiben," sagt sie, „leider ist das Gegenteil der Fall."

Mein Atem beruhigt sich. Auch meine Füße entspannen sich. Ich lehne mich zurück.

„Sag was! Zum Pennen habe ich dich nicht aufgelesen," schnauzt sie.

„Ich schlafe nicht."

„Aber gesprächig bist du auch nicht gerade."

Wieder klingt ihre Stimme, als spreche sie gegen einen Widerstand an.

„Was wollen Sie hören?"

„Hast du keine eigenen Sätze drauf? Sag irgendwas! Is mir egal, was. Gewöhnlich fangt ihr Penner zu quatschen an, sobald ihr eingestiegen seid."

Sie erkennt mich nicht. Denke ich. Wahrscheinlich hat sich meine Stimme verändert. Ich erkenne sie ja selbst kaum wieder. Oder will sie mich nicht erkennen?

„Sie werden da wohl Ihre Erfahrungen haben", sage ich. Jetzt schon etwas flüssiger.

Sie nuschelt Unverständliches vor sich hin. Wie nasse Lappen klatschen die Tropfen gegen die Windschutzscheibe. Die Scheinwerfer verirren sich im feingewebten Tropfennetz über der Ebene. Die Straße ist kaum noch zu erkennen. Und doch jagt sie den Wagen in immer höherer Geschwindigkeit über die klatschnasse Fahrbahn.

Ich lasse die Seitenscheibe wieder hochgleiten. Das Zischen der Reifen verstummt.

„Sie fahren zu schnell."

„Findest du? Woher willst *du* das wissen?"

Ich drehe mich nochmal zu ihr hin. Jetzt, da sich meine Augen an die Dunkelheit gewöhnt haben, sehe ich wieder die schwarze Schattengestalt im rötlichen Licht der Armaturen.

„Was gibt es zu gaffen? Machst du dir etwa Hoffnungen?"

„Hoffnungen?"

„Ja, Hoffnungen. Weißt du nicht, was Hoffnungen sind?"

Ohne mit der Geschwindigkeit herunterzugehen, zieht sie den Wagen durch eine weite Rechtskurve. Ich kralle mich an meinem Sitz fest. Atme tief ein. Drücke mit dem rechten Fuß auf eine imaginäre Bremse. Der Wagen nimmt die Kurve, als führe er auf Schienen. Auch am Fahrwerk muss was verändert worden sein. Ich lege meine Hände wieder auf meine Oberschenkel zurück. Entspanne meinen rechten Fuß. Und stoße die in meiner Lunge angestaute Luft zischend durch meine Lippen.

„Is was?" sagt die Schattengestalt am Steuer.

Ich schüttle meinen Kopf. Was sie vermutlich nicht sieht.

„Du hast es doch nicht etwa am Herz?"

Ihre Schleier rascheln.

„Ach was! Wie auch immer," sagt sie, als wolle sie sich selbst beschwichtigen. Und fährt noch schneller.

„Ich bin hundemüde," gähnt sie, „hast du denn wenigstens einen Führerschein, wenn du schon nicht quatschen willst?"

Spielt sie mit mir? Ein Spiel mit Überraschungseffekten? Und vertauschten Rollen?

„Haben Penner Führerscheine?" kommt es krächzend aus mir heraus. War meine Stimme immer so?

„Nur zu!" sagt sie und kichert wieder, „du kannst ja, wenn du willst. Hast du nun oder nicht?"

Ich lausche nach unten. Noch immer schülpern Wasserreste in meinen Schuhen. Vielleicht liegt er ja noch im Handschuhfach. Denke ich.

„Du hast," entscheidet sie und tritt so unvorbereitet auf die Bremse, dass ich in die Gurte gepresst werde und meine Kniescheiben gegen das Ablagefach knallen. Ohne zu blinken zieht sie den Wagen von der Fahrspur. Manövriert ihn ohne jedes Schlingern an den Straßenrand.

Und bringt ihn so ruckartig zum Stehen. Dass ich meinen Kopf einziehe. Und auf einen Aufprall von hinten warte. Nichts. Ich drehe mich um. Nirgendwo ein anderes Fahrzeug in Sicht.

Sie drückt die Fahrertür auf. Springt heraus. Läuft um das Heck herum. Und zieht die Beifahrertür auf.

Ich höre ihren Atem. Sehe nur undurchdringliches Schwarz. Als habe sie sich beim Aussteigen eine Tarnkappe aufgesetzt.

„Und? Willst du mich hier draußen in der Nässe stehen lassen?"

Als ich versuche, über die Mittelkonsole am Schalthebel vorbei auf den Fahrersitz zu wechseln, faucht ihre Stimme aus dem Dunkel:

„Mann, du verschmierst mir die Armaturen mit deinen matschigen Schuhen! Die Tür ist doch offen."

„Sie müssen schon etwas zur Seite gehen, wenn ich Sie nicht umrennen soll!"

„Jetzt stell dich nicht so an! Du wirst doch noch an mir vorbeikommen? Und beeil dich! Ich bin schon ganz durchweicht."

Beim Aussteigen berühre ich feuchten Stoff. Ich spüre ihre Augen auf mich gerichtet. Laue Tropfen stieben mir ins Gesicht. Der blumige Geruch wird kurz intensiver. Ich ziehe die Beifahrertür zu. Werfe einen Blick auf die in schwarze Schleier gehüllte Schattengestalt. Das Innenlicht erlischt. Die Schattengestalt verschwindet. Ich höre nur noch das Rascheln der Schleier.

„Fahr schon los! Worauf wartest du noch?"

„Und wenn ich keinen Führerschein habe?"

„Du hast einen," sagt sie. Und lehnt sich zurück.

Sie schaukelt auf dem Sitz hin und her.

"Und wenn nicht, ist das nicht mein Problem."

„Bei einer Kontrolle wird es auch zu Ihrem."

„Wieso? Ich sag, dass du mich entführt hast. Entführer fragt man nicht nach ihrem Führerschein."

Sie prustet in ihre Schleier.

„Jetzt fahr schon!"

Ich lasse den Motor probehalber ein paarmal aufheulen, um einen Eindruck von der Kraft zu bekommen, die ihm aufgepfropft wurde.

Ich taste über das Lenkrad. Berühre das Armaturenbrett. Streiche über den Lederknauf am Schalthebel. Schiebe ihn behutsam vorne. Trete aufs Gaspedal.

Der Wagen schießt los.

„Nur zu! Drück ordentlich drauf! Da stecken ein paar Pferdchen drin. Das ist heute dein Glückstag. So ein Geschoß hattest du vermutlich noch nie unter deinem Hintern!"

Sie scheint die gewünschte Liegeposition nicht zu finden. Die Schleier knistern fortwährend weiter.

„Zugegeben, das Getriebe ist etwas runter," murmelt sie, während sie ihre Sitzlehne noch weiter nach hinten kippt.

Tatsächlich spüre ich, wie es beim Zurückschalten in den dritten Gang immer noch leicht hakt. Das hat sie also nicht reparieren lassen.

„Du musst die Kupplung zweimal drücken. Dann flutscht auch der dritte. Das ist eben keiner dieser Automatikschlitten. Bei denen alles von selber läuft. Da muss man ordentlich mit der Kupplung arbeiten," sagt sie, als wären Kupplung und Schaltgetriebe nach der Automatikschaltung erfunden worden.

Ich höre ihren schlürfenden Atem. Knipse die Innenbeleuchtung kurz an. Im spärlichen Licht sehe ich, wie sich der Schleier über ihrem Mund aufbläht und wieder zusammenzieht.

„Was ist? Hast du vergessen, wo das Kupplungspedal ist?" sagt sie. Und schmatzt zweimal.

Auch wenn sie mein Gesicht im Dunkeln nicht richtig sehen kann. Meine Stimme müsste sie erkennen. Alle erkennen mich an meiner Stimme. Aber vielleicht kommt der Klang durch ihre Schleier verfremdet bei ihr an? Oder sie hat sich tatsächlich verändert.

Sie fängt zu schnarchen an. Doch ich spüre, dass sie nicht schläft. Ich weiß, dass sie geradeaus in die Nacht hinausschaut. Durch ihre Schleier den Scheinwerfern folgt. Bis dorthin, wo deren Leuchtkraft nicht mehr ausreicht, um die Nacht zu erhellen. Dorthin, wo ihr Blick auf einer Geraden ins Unendliche vorstößt, einen Knick macht, um vorwurfsvoll auf meiner rechten Gesichtshälfte aufzutreffen.

Wie damals. Denke ich. Und wie damals fahren wir mit demselben Wagen durch die Regennacht. Auch jetzt sitze ich am Steuer. Nur dass es deutlich mehr Pferde sind, die den Wagen über die Ebene zerren. Und dass die Seiten sich verkehrt haben.

Die Straße ist so leer wie die Ebene. Die Scheinwerfer zerfetzen die am äußeren Ende der Lichtbahnen tanzenden Tropfen. Und schleudern sie in die Nacht hinaus.

Sie stößt einen gicksenden Laut aus. Schmatzt wieder. Noch einmal knipse ich die Innenbeleuchtung an und schaue zur Seite. Ihre Schleier, weiten sich. Ziehen sich zusammen. Weiten sich wieder. Als wir über eine sanfte Bodenwelle fahren, purzelt die Mineralwasserflasche hinter mir auf den Autoteppich. Ich bücke mich. Versuche sie unter dem Sitz zu erreichen.

„Das würde ich jetzt eher nicht machen," brummelt sie „die ist nicht mehr die frischeste. Schmeckt vermutlich wie Jauche. Aber gut, wenn du meinst. Ich will dich nicht gängeln. Sag nur hinterher nicht, ich hätte dich nicht gewarnt!"

Ich klemme die Flasche zwischen meine Oberschenkel. Und drehe die Verschlusskappe auf. Das Wasser schwappt sprudelnd heraus. Rinnt zwischen meine Hosenbeine. Und unter mich auf die Sitzfläche.

„Siehst du!"

„Ich habe noch gar nicht getrunken."

„Aber jetzt sitzt du mit deiner Hose im Wasser. Das ist auch nicht besser."

„Als was?"

„Versuch gar nicht erst geistreich zu sein," murmelt sie in ihre Schleier, „es passt nicht zu dir. Mach lieber das Licht wieder aus! Ich kann sonst nicht einschlafen."

Ich drücke das Gaspedal durch. Die Tachonadel zittert auf zweihundertzwanzig, zweihundertfünfundzwanzig. Steigt weiter bis zweihundertfünfzig. Und der Motor scheint immer noch Reserven zu haben.

Wie geschliffenes Glas liegt die Fahrbahn vor den Scheinwerfern.

Es ist lächerlich, wie ich mich verhalte. Denke ich. Ich muss ihr nichts beweisen. Und mir auch nicht.

Die Tachonadel ist jetzt bei zweihundertachtzig angelangt. Was hat sie nur mit dem Motor gemacht?

Als ich den Fuß vom Gaspedal nehme, grummelt sie:

„Was ist los? Da ist schon noch mehr unter der Haube."

Ich sehe aus dem Augenwinkel, wie ihre Knie den sie umspannenden Stoff nach außen drücken. Da wo ich ihren Kopf vermute, zuckt es einmal vor und zurück. Als wolle sie ihre Haare zurückwerfen, die die Schleier gefangen halten.

Ich drücke auf das Gaspedal. Es gibt tatsächlich noch nach.

„Das ist wie ein Rausch, nicht wahr, Penner? Anders, als die Räusche, die du bisher erlebt hast," nuschelt sie gegen die Seitenscheibe."

Laut röhrend rast der Wagen über die Ebene. Nach und nach gewöhne ich mich an die Geschwindigkeit. Nur die Tachonadel erinnert mich daran, dass ich mit nunmehr zweihundertsechzig Stundenkilometern über den glänzenden Asphalt jage.

In schlürfenden Seufzern stößt ihr Atem gegen die beschlagene Seitenscheibe. Sie scheint eingeschlafen zu sein.

„Wenn jetzt ein Reh über die Fahrbahn liefe! Ein Reifen platzte! Eine Wasserrinne den Wagen aus der Fahrspur risse!" sagt Teresa.

Wenn die Erde unter mir wegsackte. Und der Himmel auf uns herunterfiele...

„Du hast dich nicht verändert, Philipp."

Sollte ich das?

„Umstände ändern Menschen."

Ah ja, Umstände? Welche Umstände denn?

„Umstände eben. Bei dir jedoch scheinen sie nichts bewirkt zu haben."

Die Umstände haben sich nicht verändert.

"Und das sagst du!"

Einer muss es ja sagen.

Die Straße wird schlechter. Immer mehr Schlaglöcher lassen den Wagen aufhüpfen. Ich gehe mit dem Fuß leicht vom Gas.

„Is was kaputt?" fragt sie, ohne sich zu bewegen.

„Kaputt?"

„Du fängst plötzlich zu schleichen an," sagt sie zwischen zwei Seufzern. Dann schlürft sie weiter in ihre Schleier.

Schleichen? Denke ich. Und werfe einen Blick auf den Tacho. Wir bewegen uns bei dicht fallendem Regen mit zweihundert Stundenkilometern über eine schadhafte Landstraße.

Sie richtet sich auf. Fasst nach ihrem Handsack. Scheint es sich dann anders zu überlegen. Und wischt über die beschlagene Seitenscheibe. Einen Moment lang sehe ich ihre Augen durch das feine Gewebe schimmern.

„Okay, wenn du partout dauernd zu mir herüber starren willst, dann lass die Innenbeleuchtung meinetwegen an.

Wenn du so dahinkriechst, kann ich sowieso nicht schlafen."

Sie ruckelt auf dem Sitz herum. Der Wagen sackt in ein Schlagloch. Gerät leicht ins Schlingern. Ich umklammere das Lenkrad. Stemme meine beiden Arme dagegen. Und nehme noch mehr Druck vom Gaspedal.

„Vor der Grenze sollten wir wieder die Seiten wechseln."

„Grenze?" fragt sie.

„Demnächst müsste doch der Grenzübergang auftauchen."

„Hmm, ich kenne die Strecke. Ich weiß von keinem Grenzübergang. Wozu sollte der gut sein?"

„In der Regel, um von einem Land ins andere zu gelangen."

„Welche Länder denn?" fragt sie gähnend durch ihre Schleier, „ja, hier gab es mal eine Grenze. Zu deiner Zeit."

Zu meiner Zeit, hallt es in meinem Kopf wider.

„Was wollen Sie damit sagen?"

„Womit?"

„Zu meiner Zeit?"

„Nun, vor zwanzig Jahren oder so. Vielleicht auch mehr. Bevor du dich zum Penner degradiert hast."

Sie hält kurz inne.

„Oder dich degradieren hast lassen," fügt sie hinzu.

Sie muss mein Zusammenzucken gespürt haben.

„Mann, nimm es locker," sagt sie, „du bist nicht der Einzige, der aus dem Leben gefallen ist. Was weiß ich, was dich aus der Bahn geworfen hat."

„So lang," flüstere ich vor mich hin, „so lang."

„Wie bitte? Was brummelst du da? Sprich deutlich! Ich verstehe dich sonst nicht."

Vor Schreck lasse ich das Lenkrad los. Der Wagen schlittert in Schlangenlinien von einer Seite auf die andere.

Als ich vorsichtig auf die Bremse trete, um ihn auf die Gerade zurück zu zwingen, sagt sie:

„Ich hab's nicht so gemeint, Mann," sagt sie versöhnlich, „bleib cool und hör auf herumzuwedeln!"

Sie irrt sich, denke ich. Sicher hat sie es falsch in Erinnerung.

Ich atme einige Male tief ein und aus.

„Sie werden sehen! Gleich da vorne wird sie auftauchen."

„Auftauchen, was denn?"

„Nun, die Grenze."

„Okay. Wenn das so wichtig für dich ist," lacht sie, „dann wird sie wohl auftauchen. Aber warum sollten wir deshalb die Seiten wechseln?"

Ich spüre, wie ihr Blick auf mir herumtastet.

„Ah, ich verstehe! Also doch kein Führerschein! Aber fahren kannst du. Das muss man dir lassen. Wegen Kontrolle und so mach dir mal keine Sorgen! Da kommt keine Grenze."

„Ich habe nämlich überhaupt keine Papiere," sage ich.

„Was für Papiere denn?"

„Na, Ausweis und so. Papiere eben."

„Tatsächlich? Warum sagst du mir das?"

Ich weiß selbst nicht, warum ich ihr das sage. Vielleicht, weil ich sie provozieren wollte, sich endlich erkennen zu geben.

„Bist du ein Krimineller? Ein Flüchtling? Oder beides? Nein, sag nichts. Ich will nicht mitschuldig werden, nur weil ich dich mitgenommen habe. Was ich nicht weiß, kann man mir nicht vorwerfen."

„Sie irren sich. Im Gesetz heißt es: Unwissenheit schützt nicht vor Strafe."

„Ah ja? In welchem Gesetz? Muss ich mich vor dir fürchten?"

Sie kichert. Schüttelt dann den Kopf.

„Nein, ich glaube nicht, dass ich mich vor dir fürchten muss. Was meinst du?"

„Fürchten? Warum sollten Sie sich vor mir fürchten?"

„Du hast recht. Ich habe eigentlich eher den umgekehrten Eindruck."

Sie kichert wieder.

„Und was deine Papiere betrifft, wie gesagt, alles easy, keine Grenze, keine Kontrolle."

Unterm Schleier

Die Scheinwerfer streifen ein Ankündigungsschild. Noch ehe ich es lesen kann, ist es vorüber.

Ich hab's gewusst. Denke ich. Und lenke den Wagen an den Rand der Landstraße.

„Hast du das Schild nicht gesehen? Wenn Du mal musst, kannst du dein Geschäft gleich bequemer verrichten."

„An der Grenze?"

„Jetzt fängst du schon wieder mit deiner Grenze an," stöhnt sie, „da ist keine Grenze. Da vorne kommt eine Raststätte. Da wirst du los, was du loswerden willst!"

„Raststätte?"

„Ja, eine Raststätte. Nix Grenze."

Und schon sehe ich ein erleuchtetes Areal durch den schlierigen Regenschleier auftauchen.

„Pass auf! In dieser Suppe sieht man die Einfahrt schlecht. Dort, wo die zwei Pfosten sind! Jetzt! Hier! Fahr rechts rein!"

„Ich ziehe den Wagen mit einem Ruck von der Fahrspur. Drücke auf Bremse. Bis er mit rubbelnden Reifen zum Stehen kommt.

„Nicht schlecht," sagt sie anerkennend, „du hast die Karre gut im Griff."

„Für einen Penner," fügt sie hinzu, „als hättest du sie schon mal gefahren."

„Ja. Als hätte ich sie schon einmal gefahren," murmele ich vor mich hin.

„Wie bitte? Sag, wenn du mir was zu sagen hast. Aber verschon mich mit deinem Hinterhergeplappere!"

Ich spüre, wie sie mich fixiert. Sie wiegt ihren Kopf und ihren Oberkörper hin und her, als wüsste sie längst, dass ich erkannt habe, was sich hinter ihren Schleiern verbirgt.

Und wartete nur darauf, das unsinnige Theater zu beenden, das wir uns gegenseitig vorspielen.

Nein, ich lasse mich nicht von ihr provozieren, denke ich. Ich habe lange auf eine Antwort gewartet, sehr lange. Ich habe gelernt zu warten.

Ich fahre auf einen der mit gelben Strichen markierten Parkplätze. Stelle den Motor ab. Und öffne die Tür.

„Willst du hier etwa stehenbleiben?" fährt sie mich an, „kannst du nicht lesen? Das sind Parkplätze für uns Frauen."

„Ist das denn nicht Ihr Auto?"

Sie scheint den Unterton in meiner Stimme nicht zu bemerken.

„Du fährst," tönt es unter dem Schleier hervor.

„Aber hier ist niemand. Alle Parkplätze sind leer. Und immerhin steht uns ein halber Frauenparkplatz zu."

Wieder sieht sie mich prüfend an.

„Immer noch geistreich, wie?"

„Wenn Sie es sagen."

„Nimm den dort!"

„Aber das ist ein Behindertenparkplatz. Wie soll ich -"

„Nein, nein, so habe ich es nicht gemeint," lacht sie, „aber um diese Zeit sind keine Rollis mehr unterwegs."

„Und wenn doch?"

„Siehst du welche?"

„Es könnte einer kommen."

„Bei diesem Wetter? Um diese Zeit?"

„Was soll das nun wieder heißen? Seit wann gibt es meteorologische und zeitliche Einschränkungen für Behinderte?"

„Okay. Nur weil ich dich als geistreich bezeichnet habe, musst du mir das jetzt nicht pausenlos beweisen. Park einfach!"

Ihr Spiel macht mich immer neugieriger.

Wie weit wird sie es treiben?

Ich lasse den Motor wieder an. Fahre am Behindertenparkplatz vorbei. Bleib dann am Ende der Markierungen stehen.

„Alles klar," lenkt sie ein, „du bist der Fahrer. Die paar Schritte bis zur Raststätte werden uns guttun."

Die Scheinwerfer sind noch nicht ganz erloschen, da drückt sie die Tür schon auf. Steuert mit schnellen trippelnden Schritten auf die Toiletten zu. Als wolle sie mein vorher angekündigtes Bedürfnis nun für mich erledigen. Ihre Schleier wehen um sie herum, während sie sich durch die Drehtür schlängelt.

Ich ziehe den Schlüssel aus dem Zündschloss. Stecke ihn wieder hinein. Ziehe ihn nochmal heraus. Wiege ihn von einer Hand in die andere. Zögere. Schließlich steige ich aus.

Es hat wieder einmal aufgehört zu regnen.

Ich schaue um mich herum. Es gibt kein Kontrollhäuschen mehr, keinen Schlagbaum. Als habe es hier nie einen Grenzübergang gegeben. Wo ist all der Stacheldraht geblieben? Die Wachtürme? Wie kann sich in kurzer Zeit eine schwer bewachte Grenzstation in eine Raststätte verwandeln?

Ich strecke mich. Meine Hände zittern. Die Vibrationen setzen sich in meinem ganzen Körper fort. Nachdem ich mein Auto, wie ein Wildtier seine Beute, ein paar Mal umrundet habe, öffne ich die Beifahrertür und klappe das Handschuhfach auf. Ganz hinten berühre ich drei dicke Bücher in Goldschnitt und Ledereinband. Eine hebräische Bibel, die Septuaginta der Orthodoxen. Und den Koran. Alle drei Bücher sehen aus, als seien sie niemals geöffnet worden. Ich ziehe den Reißverschluss von ihrem Handsack auf. Ein MP3-Player. Ohrstöpsel. Ein Fingernagelknipser. Eine angebrochene Packung Papiertaschentücher.

Ich suche weiter.

Keine Autopapiere. Kein Ausweis. Weder ihrer. Noch meiner.

Ich schiebe ihren Handsack an die Kante der Sitzfläche zurück. Werfe die Autotür zu.

Als ich die mit bunten Glassteinen überdachte Raststätte betrete, stechen mir nahtlos aneinander gereihte Vitrinen im bläulichweißen Neonlicht in die Augen. Ich wanke, immer noch innerlich bebend, vor den unter Glas verborgenen Köstlichkeiten auf und ab. Neben jedem der kleinen Fensterchen sehe ich eine winzige Kamera. Die vermutlich jedes Mal, wenn ich das Glas berühre, mein Geglotze aufzeichnet. Da gibt es grell angestrahlte zellophanierte Würste. Schinken, gekocht und geräuchert. Portionierte Käsestücke in verschiedenen Reifegraden. Kekse, in Rollen, Tüten und Schachteln. Schokoladen ohne Ende. Hauchdünne Täfelchen verschiedener Herkunft. Aus der Schweiz und aus Belgien. Markenschokoladen, die ich von früher noch in Erinnerung habe. Bioschokoladen aus Madagaskar, Peru und Ecuador. Gleich daneben Thunfisch, Makrelen in Dosen und Gläsern. Pralinen. Und nochmal Kekse und Plätzchen in unterschiedlichen Verpackungen. Übergangslos geht es mit Getränken weiter. In Flaschen, aus Glas und aus Plastik. In kartonierten Tüten und Pappbechern. In Tetrapacks. In Dosen. Und auf der anderen Wandseite geht es weiter.

Ich starre auf all das Ess- und Trinkbare. Lecke mit pelziger Zunge über meine trockenen Lippen. Höre und spüre das fordernde Knurren in meinem Bauch. Das mich umstrahlende Schlaraffenland lähmt meine Sinne. Ich versuche, mich in mir zurechtzufinden. Treffe mich aber nirgendwo an.

„Das ist zu viel für einen Penner. Hab ich recht?“

Ich erschrecke vor ihrer Stimme, die nun ungedämpft, noch mehr die Stimme ist, an die ich mich lange zu erinnern versuchte.

Ich drehe mich um.

Sie hat ihre Schleier abgelegt. Trägt sie nun vermutlich in der Tüte, die sie in der Hand hält. Sie ist es. Auch wenn ich sie nur sekundenlang von Blitzen erhellt gesehen habe.

Kein Zweifel. Sie ist es. Ihre kurzen abstehenden Haare lodern wie ein Flammenkranz um ihr tiefbraunes Gesicht. Ihr Hals ist von einem türkisgrünen Seidentuch umwickelt. Und ein hauchdünnes kurzes Trägerhemd unterbricht die ebenfalls tiefbraune glänzende Haut ihrer Schultern und ihren mit einem funkelnden Stein gepiercten Bauch. Ist sie sonnengebräunt? Oder nur braun geschminkt? Ihre schwarzen Augen blitzen mich herausfordernd an.

Wir stehen uns im grellen Licht gegenüber.

Unmöglich, dass sie mich nicht erkennt. Was spielt sie für ein Spiel? Vielleicht denkt sie gerade dasselbe. Wartet darauf, dass ich das Spiel beende? Um meine Verwirrung zu verbergen, bücke ich mich wieder zu den Klappfensterchen der Vitrinen hinunter.

„Such dir was aus!" sagt sie mit klingelndem Lachen.

Ich starre weiter in die schier endlose Fülle hinter den Fensterchen.

„Ach ja! Natürlich! Du hast keine Kohle. Klar. Aber weißt du was? Ich habe heute meinen sozialen Tag, wie du vielleicht schon bemerkt hast. Ich lad dich ein. Und lass dir ruhig Zeit! Es hetzt uns keiner."

Die schnelle Fahrt mit meinem aufgepäppelten Wagen steckt mir noch in den Knochen. Und jetzt stehe ich hier. Gelähmt vor Durst und Hunger. Unfähig in irgendeiner Weise zu reagieren.

„Oder hast du vielleicht gar keinen Hunger?" fragt sie.

Ein Schütteln geht durch meinen Körper. Wie lange habe ich aus den Näpfen der Wärter gegessen? Und nur Wasser und ‚Trost von Großvater' getrunken? Ich kann meinen Blick nicht von den Vitrinen abwenden.

„Oh Mann, wo kommst du her, dass dich eine stinknormale Automatenraststätte so überfordert? Nein, sag's lieber nicht. Was ich nicht weiß, macht mich nicht heiß, wie man so sagt."

„Wie man so sagt," kommt aus mir heraus.

„Du äffst mich doch nicht etwa nach?"

Das Schütteln in meinem Körper wird heftiger. Nervöses Kichern steigt in mir auf.

„Ach, nur so," sage ich und bemühe mich das Zittern in meiner Stimme zu unterdrücken, „ich mein ja nur, ob es was bringt, sein Hirn mit sogenannten Lebensweisheiten zu verbarrikadieren," plappere ich, um von meinem Schwächeanfall abzulenken.

„Du wirst nicht nur immer geistreicher, Penner! Jetzt wirst du auch noch frech."

Ich sehe aus dem Seitenwinkel, wie sie in ihre Jackentasche greift. Und die bläulich changierende Metallbrille herauskramt. Vielleicht ist es auch eine andere, die der von damals ähnelt. Sie postiert sie auf ihrem Nasenrücken. Schiebt ihren Kopf nach hinten. Und flaniert weiter an den kleinen Fensterchen entlang.

„Du hast recht," sagt sie und nickt den Vitrinen zu.

„Ich habe nichts gesagt."

„Du hast trotzdem recht."

Sie wendet sich ab.

„Alles Schrott. Ich wundere mich echt, dass es mir nicht schon früher aufgefallen ist!"

„Komm, wir gehen!" fordert sie mich auf.

Sie schaukelt, nun nicht mehr durch ihre Schleier beengt, mit ausladenden Schritten auf den Ausgang zu. Und verlässt die Halle. Ich schaue ihr hinterher. Mein Hals ist trocken. Ich finde keine Spucke in meinem Mund, um sie herunterzuschlucken. Mein Bauch macht merkwürdige Geräusche.

Ihr Kopf erscheint zwischen den nun wieder aufgleitenden Türen.

„Willst du mit? Oder bleibst du lieber hier, um das Schrottzeug weiter zu begutachten? Glaub mir, du hast nichts verpasst. Es ist so, wie es aussieht. Und ohne mich kommst du sowieso an nichts von dem ran."

Am ganzen Körper schlotternd, werfe ich einen letzten Blick in das unter Glas verschlossene Schlaraffenland. Und trotte hinter ihr her. Auf dem Parkplatz spannt spinnwebenfädiger Regen ein feinmaschiges Tuch um uns herum.

„Und? Siehst du irgendwo eine Grenze? Also. Du hast ja noch den Schlüssel. Fahr ruhig weiter! Ich schlaf noch 'ne Runde. Dann vergesse ich, dass ich Hunger habe."

Sie kuschelt sich in den Sitz. Und lehnt ihren Kopf an die Nackenstütze.

„Is noch was?" schmatzt sie, „sag's ruhig, auch wenn's geistreich ist!"

Immer noch zitternd, lasse ich den Wagen langsam anrollen.

„Ich, ich…"

Meine Zunge verstopft meinen Mund. In meinem Bauchraum gluckst und brodelt es.

„Ach je. So schlimm ist es? Das tut mir jetzt aber leid.," sagt sie maniriert, „und ich dachte, ihr Penner seid an leere Mägen gewöhnt. Aber du hast's ja selber gesehen, das Zeug dort war unzumutbar."

„Wie kann so eine massiv abgeriegelte Grenze, wie sie hier einmal war, in kurzer Zeit spurlos verschwinden?" murmele ich vor mich hin.

„Oh Mann! Du bist ja immer noch bei dieser Grenze," stöhnt sie, „und was verstehst du bitte unter ‚kurzer Zeit'? Hier gab es mal einen Grenzübergang. Da war ich noch jung. Meine Mutter ist oft von einer Seite auf die andere gefahren. Aber sie hat mich auf diesen Fahrten nie mitgenommen. Irgendwann wurde die Grenze geöffnet. Das liegt Jahrzehnte zurück. Ich kenne nur diese Raststätte hier."

Zwanzig Jahre, geht es mir noch einmal durch den Kopf. Zwanzig Jahre. Vielleicht auch mehr. Ich weiß nicht, wie ich das benennen soll, das sich in mir breitmacht. Und alles in mir ausfüllt. Ich trete das Gaspedal durch. Der Wagen zieht mit jaulenden Reifen auf die rechte Fahrspur.

„Genau!" kichert sie, „lass die Pferdchen laufen! Dann vergeht dein Hunger. Denk an all die entmündigten

Schmalspurfahrer in ihren vollautomatischen Elektroschachteln. Die gar nicht mehr wissen, wie viel Spaß es macht, wenn die Töpfe blubbern."

Endlich löst sich meine Zunge.

„Ich hätte alles…"

„Ja," unterbricht sie mich, „ich weiß schon, du hättest jeden Dreck gegessen und getrunken. Auch den dort. Stimmt's? Ich hab's ja selber jahrelang in mich hineingefuttert. Bis du mir heute die Augen geöffnet hast."

Wie lange will ich mich noch auf ihr Spiel einlassen? Frage ich mich. Alles in mir ist in Aufruhr. In meinem Bauchraum tobt und rumort es. Als würde ich von innen auseinandergerissen. Und doch klemmt alles in mir fest. Nichts kommt aus mir heraus.

„Hört sich nicht gut an, das Gluckern in deinem Bauch," sagt sie, „warum hast du nichts gesagt? Ich habe dich sogar eingeladen. Nun, jetzt ist's zu spät."

Nein! Was immer sie mit diesem Spiel bezweckt, ich werde ihr den Triumph nicht gönnen, es von meiner Seite aus abzubrechen. Denke ich. Und unterdrücke das Brüllen, das aus mir herauswill.

„Was für Elektroschachteln?" stoße ich krächzend hervor, um nicht an meinen ungesagten Worten zu ersticken.

„Elektroschachteln? Ach so. Nun, diese elektrischen dahinsirrenden Flundern. "

„Die Straße ist doch leer."

„Eben. Wundert mich auch, dass uns noch keine entgegengekommen ist oder überholt hat."

„Sie meinen Autos?"

„Ja. Autos."

„Autos die elektrisch fahren? Wie Busse und Bahnen? Wie soll das gehen? Ich sehe hier keine Oberleitungen."

„Mann, du hast wohl eine ganze Epoche verschlafen?"

„Unsinn. Ich glaube Ihnen kein Wort. Warum fahren Sie dann, den, eh, ich meine, diesen Sechszylinder statt einer Elektroschachtel, wie Sie es nennen?"

„Es geht dich zwar nichts an, Penner. Aber ich verrate es dir trotzdem: ich steh auf Oldtimer. Das müsstest du inzwischen mitgekriegt haben."

„Und wo sind Ihre Elektroschachteln?"

„Wie gesagt, normalerweise sind die Straßen voll damit."

„Und?"

„Wahrscheinlich schalten sie um diese Nachtzeit die Generatoren ab."

„Wie bitte? Was hat das mit Generatoren zu tun?"

„Nichts. Mir ist nichts Anderes auf deine dämlichen Fragen eingefallen."

Im schummrigen Licht der Armaturenbeleuchtung, sehe ich, wie sie ihren Kopf zu mir hindreht.

„War ein Witz," prustet sie, „aber ich wundere mich, ehrlich gesagt schon, dass die Straße so völlig leer ist."

Sie treibt mich vor sich her, denke ich, probiert aus, wie weit sie gehen kann. Bis ich nicht mehr mitmache.

„Es hat sich wohl rumgesprochen, dass ich um diese Zeit unterwegs bin," kichert sie.

„Vielleicht ist irgendwo ein Unfall passiert," sage ich.

Die zwischen uns hin und her fließenden Worte helfen mir das Toben in meinem Innern unter Kontrolle zu halten.

„Eher unwahrscheinlich. Unfälle gibt es nur noch mit Oldtimern. Und davon fahren kaum noch welche herum. Die Elektroschachteln bauen keine Unfälle mehr. Da läuft alles vorprogrammiert. Du musst nur wissen, wo du hinwillst. Dann kommst du dort an. Ohne irgendwas zu tun."

„Auch ein Witz?"

„Leider nicht."

Die Straße wird wieder schlechter. Der Wagen gerät neuerlich in Spurrillen und beginnt hin und her zu schaukeln. Ich fahre langsamer.

„Sie lesen zu viele Science-Fiction Romane," sage ich.

„Lesen? Wer liest den heute noch?"

„Vielleicht Oldtimerfahrerinnen?"

„Jetzt hast du mich aber erwischt! Stimmt! Ich lese tatsächlich."

„Sehen Sie! Hab ich doch gewusst."

„Aber kein Science-Fiction-Zeug."

„Aha," sage ich.

„Ich lese Gedichte," sagt sie trotzig, „manchmal auch Märchen. Um der banalen Alltäglichkeit zu entkommen. Die du übersprungen zu haben scheinst."

Jetzt wartet sie darauf, dass ich nachfrage, denke ich. Ich sage nichts. Schlaglöcher lassen uns von den Sitzen hochhüpfen. Ich drossele die Geschwindigkeit.

„"Noch was, das du gern geklärt haben möchtest, wenn wir schon im Kriechgang fahren?" sagt sie gähnend.

„Ja," sage ich, „was ist mit Ihrer Verkleidung passiert?"

„Verkleidung?"

„Die Schleier."

„Schleier!" lacht sie, „Mann, Mann, Mann! In-welcher-Welt-lebst-du? Du meinst die Burka? Das sind nicht einfach nur Schleier. Das ist der Ausdruck einer religiösen Überzeugung."

„Und die haben Sie auf der Toilette dieser Raststätte abgelegt?"

„Bravo! Immer noch geistreich, der Penner. Die Burka ja. Die Überzeugung nein. Ich bin nicht religiös. Da gibt's nichts abzulegen. Und jetzt drück endlich wieder drauf!"

„Bei diesem Zustand der Straße?"

„Die paar Schlaglöcher steckt der Wagen mit links weg. Aber gut, wenn du meinst." Sie hebt die Schultern. „Du fährst."

„Wollten Sie vielleicht die Raststätte überfallen? Und haben es sich dann anders überlegt," hake ich nach.

Sie lacht gellend auf.

„Ist es das, was du mit Burkas in Zusammenhang bringst? Überfälle? Die Burka ist keine Maske, die man sich überzieht, um jemanden unerkannt zu überfallen. Wo hast du denn das her? Und wen hätte ich bitteschön dort überfallen sollen? Die Automaten vielleicht?"

„Ja warum nicht? Die Schleier hätten Sie für die Überwachungskameras unkenntlich gemacht."

„Na immerhin hat der Penner schon mal was von Überwachungskameras gehört. Fällt dir sonst noch was Geistreiches zur Burka ein? In welcher Zeit klemmst du fest? Oder wirfst du nie einen Blick in die Zeitungen, mit denen du dich zudeckst oder dir den Hintern wischst?"

Sie schlägt mit der flachen Hand gegen ihre Stirn.

„Ich frag mich, wen ich da mitgenommen habe."

Sie mustert mich von unten nach oben. Und dann anders herum.

„Eigentlich siehst du wie ein ganz normaler Penner aus. Aber vielleicht sehen sie alle so aus, auf dem Stern, von dem du auf diese Ebene heruntergefallen zu sein scheinst."

Ich fahre an den Straßenrand. Und drücke die Deckenbeleuchtung an.

„Ich weiß immer noch nicht, warum Sie diese, wie nannten sie sie gleich wieder? Burka? Warum sie diese Burka trugen, als ich bei Ihnen einstieg und sich dann in der Raststätte umgezogen haben. Dass Sie nach Belieben zwischen drei Religionen wechseln, fällt weg. Sie sagten ja, Sie seien nicht religiös. Obwohl Sie mit den Heiligen Büchern von drei Religionen ausgerüstet sind."

Sie dreht sich zu mir hin. Auf ihrer Stirn sehe ich Falten. In ihren Augen lese ich die Frage: wer bist du, Penner? Sie atmet zischend ein. Und hält den Atem an. Einen Augenblick lang meine ich, sie wird mich gleich anschreien.

„Der Penner hat also in meinem Handschuhfach geschnüffelt," sagt sie in ihr Ausatmen hinein, „und jetzt sucht er nach Zusammenhängen."

„Das ist keine Antwort auf meine Frage."

„Hoho! Jetzt mach mal halblang! Ich bin dir keine Antwort schuldig. Aber gut: ich will mal nicht so sein. Nie was von Burkamode gehört? Dachte ich mir schon. Die Schleier, wie du sie nennst, sind drüben gerade mal wieder unheimlich 'in'. Hier dagegen ist die Burkamode durch. Und ich bin froh, dass ich das Zeug wieder ausziehen kann. Es hängt überall um einen herum. Und engt Bewegungsfreiheit und Sicht ein. Es gibt andere, die sehen das genau umgekehrt.“

„Andere?“

„Na, die Religiösen.“

„Und wo ist drüben? Es gibt doch keine Grenze mehr.“

„Auch ohne Grenze gibt es ein Hüben und Drüben. Und was die Bücher anbetrifft: Sie müssen wohl jemand anderem nützlich gewesen sein. Was starrst du mich so an?“

„Jemand anderem?“

„Ja, die Bücher lagen schon im Handschuhfach, als ich das Auto übernahm.“

„Übernahm?“

„Jetzt quatsch mir nicht jedes Wort nach! Ja, übernahm. Und ich werde dir bestimmt nicht sagen, von wem. Falls du diese Frage schon auf der Zunge hast!“

„Und die Burka? Nur weil das jenseits der ehemaligen Grenze grad Mode ist, engen Sie Ihre Sicht und Bewegungsfreiheit ein?“

„Nun, was tut man nicht alles für die Mode?“ sagt sie, dreht ihre Handflächen nach oben und zuckt mit dem Kinn.

Ich muss sie nachdenklich angeschaut haben. Denn plötzlich bricht sie in Gelächter aus.

„Dir könnte ich auch erzählen, dass sich Gott da hinten im Kofferraum versteckt hält. Und du würdest es glauben.“

„Tut er das denn nicht? Gott ist überall, hat man mir im Religionsunterricht beigebracht.“

„Hat man dir auch beigebracht, welcher? Der Christengott, Allah, Manitou? Um nur eine winzige Auswahl zu benennen? Alle werden vermutlich nicht im Kofferraum Platz haben."

„Und was ist nun der wahre Grund dafür, dass Sie, wenn Sie nach drüben fahren, die Burka anziehen und sich ihrer wieder entledigen, wenn Sie nach hüben zurückkehren?"

Eine Falte erscheint über ihren Augenbrauen. Das Schwarze in ihren Augen flammt auf. Gleich darauf glättet sich ihre Stirn wieder.

„Okay, wenn wir uns nun schon so schön am Straßenrand unterhalten, obwohl wir ja der Fortbewegung halber hier in diesem Auto sitzen, die Antwort lautet: ich weiß nicht, warum ich mich hier umziehe. Es ist mir zu einem Ritual geworden, ohne dass ich mich erinnern kann, wann es damit angefangen hat. Vielleicht hat es was mit pränatalen Erinnerungen zu tun. Soll's ja geben."

Sie dreht sich mit einem Ruck zu mir hin.

„So. Nachdem Du mich nun lange genug ausgefragt hast, kommt meine Frage: Was hast du in meinem Handschuhfach gesucht?"

Vielleicht ist jetzt der geeignete Moment ihr Spiel zu unterbrechen. Denke ich.

„Meine Papiere," sage ich, ohne zu zögern.

Ich spüre es. Ihre Verwunderung ist echt. Sie sieht auf mir herum, als gäbe es etwas, was ihr entgangen ist.

„*Deine* Papiere? In *meinem* Handschuhfach? Was sollten deine Papiere hier in meinem Auto zu suchen haben?"

Okay, sie spielt ihr Spiel weiter. Wie lange wohl noch?

„Die Papiere suchen natürlich nichts in diesem Auto. Vielmehr bin ich es, der sie dort gesucht hat."

„Immer einen flotten Spruch auf den Lippen, unser Penner."

„Sie sind mir abhandengekommen. Sie könnten überall sein. Warum nicht in diesem Wagen?"

Und jetzt spricht sie aus, was ich zuvor in ihren Augen gelesen habe.

„Wer – bist – du - Penner?"

Sie sieht mich an, als versuche sie unter meinem Bart mein Gesicht zu entdecken.

„Was weißt du von mir, das ich nicht weiß?"

„Sind wir nicht alle mehrere?" sage ich.

Und plötzlich geht ein Grinsen über ihr Gesicht. Und ich denke, jetzt. Jetzt wird sie das Spiel beenden.

„Ich verstehe," lacht sie, „es macht dir Spaß, einen auf Geheimnis zu tun. Was bleibt von einem Penner noch übrig, wenn er nicht so täte als wäre da noch was, das ihn unerkannt aufwertet? Aber, weißt du was? Ich will es gar nicht wissen. Meine Frage war rein rhetorisch. Manches beschmutzt einen, wenn man es weiß. Oder es zwingt einen, was zu tun, was man nicht tun möchte."

Ihr Grinsen verflüchtigt sich. Ein Schatten von Verunsicherung legt sich über ihr überhebliches Gehabe. Ihre Rolle fängt zu bröckeln an, denke ich. Aber auch in mir werden plötzlich Zweifel wach. Erkennt sie mich wirklich nicht wieder?

„Fahr endlich!" raunzt sie."

„Darf ich dann wenigstens erfahren, wohin wir fahren?" frage ich, als sie sich auf dem Sitz zu strecken beginnt.

„Wir?"

Ihr Kopf rutscht zwischen Nackenstütze und Fenster.

„Ja wir. Sie und ich, *wir* ergeben eine Fahrgemeinschaft, oder?"

„Noch mehr Philosophisches auf Lager?"

„Immerhin sitze ich hier am Steuer…"

Irgendetwas in mir hat den Rest des Satzes abgewürgt. Sie scheint es dennoch gehört zu haben.

„Was willst du mir damit sagen?"

Den Satz, der sich mir jetzt in meinen Mund schiebt, lasse ich ungesagt. Und auch den nächsten, der sich in meinen Gedanken bereits gebildet hat, schicke ich umformuliert in meinen Kopf zurück.

„Wäre es nicht für uns beide förderlich, wenn ich wüsste, wohin die Reise geht?" sage ich.

„Reise?" gluckst sie belustigt, „da stelle ich mir etwas Leichtfüßiges, Angenehmes, ja, Vergnügliches vor."

„Ich dagegen denke da an etwas Anstrengendes, Beschwerliches, ja mitunter Gefährliches. Also wohin soll ich fahren?"

„Siehst du irgendwelche Abfahrten?"

Der Nieselregen wird zum Regen. Der Regen wird zum Wolkenbruch. Schwere Tropfen klopfen wie Hagelkörner aufs Autodach. Der Wagen drängt gegen die Wasserwand. Schiebt die Straße vor sich her.

„Dass ich keine Ausfahrten sehe, heißt nicht, dass es keine gibt. Und es gäbe auch noch die Möglichkeit, stehenzubleiben. Auf der Gegenspur zurückzufahren. Oder kreuz und quer durch die Ebene zu schlittern."

„Wow! Eine treffende Metapher für all die, die sich in etwas verrannt haben. Sobald man die Grundthese anzweifelt, umwirft oder nicht anerkennt, löst sich die einengende Stringenz der Logik auf. Und es gibt wieder mehrere Möglichkeiten, wo es zuvor nur eine zu geben schien. Chapeau! Du überraschst mich, Penner! Nur weiter so! Deine geistreichen Einsprengsel fangen an, mich zu amüsieren," sagt sie gegen die Windschutzscheibe, „aber fahr trotzdem einfach weiter."

„Obwohl wir beide nicht wissen, wohin?"

„Mann, ich muss unbedingt schlafen. Das kann ich nur, wenn ich die Töpfe blubbern höre."

Sie verkriecht sich in den Sitz. Ihre nackten Schultern glänzen unter dem Seidentuch. Ihr Kopf lehnt an der Seitenscheibe.

„Aber man muss doch irgendwohin wollen, wenn man fährt?" beharre ich.

„Muss man das?" haucht sie schläfrig, „dann fahr irgendwohin!"

Ich lege den Gang ein, bewege den Wagen wieder auf die Fahrspur. Sie schüttelt sich. Gähnt ein paarmal hintereinander. Und fängt zu schnarchen an.

Der große Anschlag

Als habe jemand den Wasserhahn wieder abgedreht, fällt übergangslos kein Tropfen mehr vom Himmel. Die Lichtfinger der Scheinwerfer dehnen die schnurgerade Straße weit in die Ebene hinaus. Ich lausche dem Brummen des Motors, der mein Auto durch die Nacht schiebt. Während mich die gleichmäßig dahinrollenden Räder in eine dämmrige Gleichgültigkeit einlullen, spüre ich, wie es für mich mehr und mehr an Bedeutung verliert, wessen Wagen es ist, in dem wir uns gemeinsam fortbewegen. Immerhin fahren wir. Kommen voran. Und wo wir eigentlich hinwollen, scheinen wir beide nicht zu wissen.

„Halt an!" ruft sie plötzlich und setzt sich aufrecht.

Ich fahre erschrocken herum. Sehe ihre Hand auf dem Türgriff. Und trete aufs Bremspedal.

„So wie du dahinschleichst, kann ich nicht schlafen. Da kann ich genauso gut selber fahren."

Wir sind noch nicht ganz zum Stehen gekommen, da drückt sie schon die Tür auf. Springt aus dem Wagen. Erscheint auf meiner Seite. Und reißt die Fahrertür auf.

„Ruck rüber!"

Doch als ich mich vom Sitz hochhebe, scheint sie sich's anders überlegt zu haben.

„Nein, steig lieber aus, bevor du wieder gegen das Handschuhfach trittst! Steig drüben ein!"

Völlig überrumpelt steige ich aus. Sie schlüpft an mir vorbei. Wirft sich auf den Sitz. Schlägt die Autotür zu. Und bevor ich beiseite springen kann, fährt sie los. Der Seitenspiegel rammt meine rechte Schulter. Ich gerate ins Stolpern. Rudere mit den Armen, um meine Balance wiederzufinden. Die Scheinwerfer streifen die Spitzen der Grashalme. An den Rändern der Lichtbahnen glitzern Wassertropfen ins Dunkel Die Auspuffgase schleudern sie mir ins Gesicht.

„Anna!" platzt es aus mir heraus, als hätte sich ihr Name nun lange genug in mir zurückgehalten.

Die Bremslichter leuchten auf. Gleich darauf der Rückfahrscheinwerfer. Die Reifen schlittern über die schlammige Erde. Der Wagen rast auf mich zu. Sie bremst abrupt ab. Ihr Kopf erscheint am Seitenfenster. Ihre Augen sprühen Zorn und Verachtung durch den offenen Spalt. Es riecht stark nach Abgasen und feuchtem Gras.

„Was sagst du da?"

Ihre Worte zischen auf mich zu. Flattern an mir vorbei. In die Ebene hinaus. Aus dem Auspuffrohr quellen stoßartig Rauchfähnchen. Tänzeln ihren Worten hinterher. Sie schaltet die Deckenbeleuchtung ein. Mein Blick fällt auf den Seitenspiegel.

Ich sehe ein bärtiges verwahrlostes, mit tiefen Runzeln durchzogenes Gesicht.

Da stimmt was mit dem Spiegel nicht, versuche ich mich zu beruhigen. Diese unter buschigen, wirr in alle Richtungen stehenden Brauen tief in die Augenhöhlen eingesunkenen Knöpfe, sind das meine Augen? Das unter dem zotteligen Bart versteckte Gesicht, ist das mein Gesicht? Die zerzausten und verklebten Haare darüber, sind das wirklich meine Haare.

Ich schaue an mir herunter. Sehe meinen zerschlissenen Parka. Meine abgeschabten Jeans. Die ausgebeulten Turnschuhe mit eingerissenen Nähten.

Kein Zweifel, das ist der, den ich auch im Spiegel sehe. Das bin ich.

Sie hat recht. Ein Penner. Durch und durch.

„Was hast du erwartet?" sagt Teresa, „die haben dich und deine Schmeißfliege da unten vergessen.

Das, was du dir immer gewünscht hast, dass die Zeit durch dich hindurchflösse, ohne vom sie bedingenden Tag- und Nachtrhythmus getaktet zu werden, ist dir dort tief unten in der Erde zuteilgeworden. Andauernde Gegenwart. Als habe die

Erde in ihrem Umsichselbstkreisen für dich innegehalten. Das,
was dir wie ein einziger nicht enden wollender Tag erschien, sind
außerhalb jenes Raums viele Jahre gewesen. Der Stillstand der
Zeit hat dich vergessen lassen, wie lange du dort unten wegge-
sperrt warst.

„Wer bist du - Penner?"

Ihre fauchende Stimme holt mich aus meinen Überlegungen. Sie hat das Seitenfenster jetzt heruntergekurbelt.
Und streckt ihren Kopf aus dem Fenster.

„Es reicht, Anna! Es ist nicht nötig, mich weiter darauf
hinzuweisen. Ich habe ihn soeben im Spiegel gesehen. Und
hör endlich auf, so zu tun, als würdest du mich nicht kennen!"

„Oh, wir sind ins Vertrauliche übergegangen. Dich kennen? Gott bewahre! Warum sollte ich dich kennen? Wer
bist du? Woher, zum Teufel, kennst du meinen Namen?"

Wenn sie Gott und Teufel in einem Satz bemüht,
scheint sie nun doch aus der Fassung geraten sein. Denke
ich.

Ihr Blick sucht auf meinem Gesicht herum. Um vielleicht doch noch zu entdecken, was sie übersehen haben
könnte. Wendet ihn dann so abrupt nach innen, dass sie
meinen Blick mit in ihr Inneres hineinzieht. Das Entsetzen, das ich dort sehe, trifft mich mit einer solchen Wucht,
dass ich vor mir selbst zurückschrecke.

Begreift auch sie, was ich in diesem Moment begreife?
Oder erkennt sie es, auf einer dem Verstehen unzugängli-
chen Ebene?

Ihr Gesicht verzerrt sich zu einer undurchdringlichen
Maske. Als versuche sie, mit allen Kräften zu verhindern,
das, was sie spürt, in ihr Bewusstsein eindringen zu lassen.

Sie, die mich durch das Fenster meines Wagens anstarrt, ist nicht die, für die ich sie während der ganzen Fahrt
gehalten habe. Sie dürfte jetzt etwa in dem Alter sein, in
dem ich Anna in einem anderen Leben begegnet bin. Sie,

die auf dem Fahrersitz meines Autos hockt und mich ab-
schätzig mustert, und die Annas Zwillingsschwester sein
könnte, wären nicht all die Jahre dazwischen gewesen, auf
die mich ein Blick in den Seitenspiegel hingewiesen hat. Sie
ist Annas Tochter.

„Und deine,“ sagt Teresa.
Meine …?
„Ja. Deine Tochter.“

Der Boden unter meinen Füßen sackt nach unten. Ich
greife ins offene Seitenfenster, um mich festzuhalten. Als
ich Annas Arm streife, zieht sie ihn zurück.

„Damals auf der Ebene,“ sagt Teresa, „erinnerst du dich
nicht?“

Ich starre in das Gesicht, das mich immer noch bestürzt
mustert.

So viele Jahre…
„Ja, so viele,“ sagt Teresa.

Meine Tochter? Hallt es in meinem Kopf wider. Dann
löst sich meine Frage in mir auf, als hätte ich sie nie gestellt.
Doch als ich Annas entsetzte Augen sehe, kehrt diese
Frage als Bumerang wieder zu mir zurück. Schlägt wie ein
spitzes Geschoss in meinen Brustkorb ein.
Sie schiebt ihr Kinn vor, als wolle sie mir das Nein, das
ich deutlich in ihrem Gesicht lese, entgegenschleudern. Ich
betrachte ihre Augen. Ihren Mund. Ihre Ohren. Ihre Stirn.
Dann schaue ich noch einmal auf ihn, der mich im Spiegel
anstarrt. Ich kann nicht die die geringste Spur von Ähn-
lichkeit mit mir an ihr erkennen. Ich sehe ihren zwischen
Entsetzen und Verwirrung hin und her schwankenden

Blick auf mich gerichtet. Bis vor wenigen Minuten wusste ich noch nicht, was sie sieht. Jetzt weiß ich es.

„Von wem hast du dieses Auto?" sage ich und ziehe mich an der Seitentür hoch.

„Ich wüsste nicht, was dich das anginge," zischt sie mich an.

„Es ist mein Auto. Umgestrichen. Aufgemotzt. Und mit einem anderen Nummernschild versehen. Aber es ist mein Auto."

Sie lacht schrill auf.

„Dein Auto? Seit wann haben Penner Autos?"

„Ja. Mein Auto. Ich habe begriffen, dass ich lange außerhalb der Zeit gelebt habe."

„Erst jetzt?" sagt sie spöttisch.

Ihr Spott erreicht mich nicht mehr.

„Du dürftest jetzt in dem Alter sein, in dem wir uns damals begegnet sind."

„Wir? Wer wir? Wer ist in wessen Alter? Von wem redest du da? Du redest irre, Mann."

„Anna. Deine Mutter. Sie heißt doch so?"

Ihr Kopf schießt in meine Richtung. Sie starrt mich mit weit aufgerissenen Augen an. Hält ihre Hände schützend vor sich. Ihre Haare scheinen sich noch mehr von ihrem Kopf abzuspreizen. Alles an ihr ist Anna. Selbst ihr Name. Es ist, als habe sich die Mutter ganz und gar an ihre Tochter weitergegeben. Doch ich kann nicht das geringste Tüpfelchen von mir an ihr erkennen.

„Was-hast-du-mit-meiner-Mutter-zu-tun?" presst sie durch ihre Lippen. Dann zeigt auch sie mir ihre kleinen weißen Zähne. Die mich wie die eines Raubtiers anblecken. Wie damals auf der Ebene ihre Mutter. Alles an ihr schiebt sich gegen mich.

„Niemals," sagt Anna heiser, als lese sie in meinen Gedanken, „nie-mals!"

Sie springt aus dem Wagen. Und stellt sich vor mich hin.

„Du und ich, wir werden uns jetzt bis in alle Ewigkeit darauf einigen, dass es außer dieser gemeinsamen Fahrt keine weiteren Gemeinsamkeiten zwischen dir und mir gibt. Gegeben hat. Oder geben wird."

Ich schaue auf die Ebene hinaus. Und frage mich, ob man sich darauf einigen kann, dass es das, was es gibt, nicht gibt und, dass das, was wahr ist, nicht wahr ist?

„Man kann," sagt Teresa, „man kann. Und du weißt das."

„Geht das in deinen Kopf?" schreit Anna.

„Das hat nichts mit meinem Kopf zu tun. Deine Mutter stand im strömenden Regen am Straßenrand. Ich habe sie mitgenommen. Bin mit ihr auf diese Ebene hinausgefahren. Nach der Grenze wollte sie, dass ich an einer Parkbucht anhalte. Dieselbe an der auch du mich vorhin mitgenommen hast. Sie stieg aus. Ich stieg aus. Und mein Auto fuhr ohne uns weg. Ein bedrohliches Gewitter entlud sich über der Ebene. Wir vergruben uns im Schlamm, um uns vor den herunterschießenden Blitzen zu schützen. Als das Gewitter vorüber war, liefen wir zur Parkbucht zurück. Und ich spürte einen dumpfen Schlag auf meinen Hinterkopf. Als ich im Morgengrauen wieder zu mir kam, lag ich allein auf der Ebene. Ich wanderte zur Grenze zurück. Zwei Uniformierte transportierten mich in eine Geisterstadt. Mit meinem Auto. Und ich verschwand in einem Verlies unter der Erde. Wo die Zeit stehenblieb. Das glaubte ich jedenfalls. Bis ich mich vorhin sah. Und mir klar wurde, du kannst nicht die Anna sein, die damals im Regen am Straßenrand stand."

Während ich meinen Worten hinterherlausche, verfremden sie sich in meinen Ohren. Die Ebene nimmt das Gesagte in sich auf. Und plötzlich habe ich das Gefühl, alles, was ich eben gesagt habe, hat gar nicht stattgefunden.

„Warum erzählst du mir das? Was habe ich mit dieser Geschichte zu tun? Da nehme ich in meiner grenzenlosen Menschenfreundlichkeit einen Penner mit, der plötzlich auf gut Glück einen Namen herausschießt, der zufällig auch meiner ist. Und dann hat der Penner auch noch die Dreistigkeit, zu behaupten, der Wagen sei sein Wagen…"

„Wie kommst du zu diesem Auto, Anna?" unterbreche ich sie, „und was habt ihr mit meinen Papieren gemacht? Wo ist deine Mutter? Was ist passiert? Wofür musste ich all die Jahre im Innern der Erde verbringen?"

Sie schaut mich einen Augenblick lang verblüfft an. Als erkenne sie nun jemand in mir, der an ihr haftet und den sie nicht abzuschütteln vermag. Ihr Blick gleitet an mir herunter und wieder herauf. Bis er an meinen verwurstelten Haaren angelangt ist. Sie schüttelt ihren Kopf. Betrachtet mich noch einmal von oben bis unten. Wendet sich dann jäh von mir ab. Und schaut in die Ebene hinaus.

Am Horizont wächst ein hauchdünner Lichtstreifen in den Nachthimmel.

„Da gab es diese Aktionen…" murmelt sie nach einer Weile. Als formten sich tief in ihr eingesunkene Erinnerungen nun wieder zu erkennbaren Bildern.

„Was für Aktionen?" unterbreche ich sie.

„Was für Aktionen! Was für Aktionen!" bellt sie, „Aktionen eben. Anschläge.

„Anschläge?"

„Ja, Anschläge auf öffentliche Einrichtungen. Hast du denn nichts davon gehört?"

„Ich habe mich nie für Politik interessiert."

„Klar. Hätte ich mir denken können."

Sie fällt wieder in ihren verächtlichen Tonfall zurück. „Ein Penner benützt Zeitungen ja nur…"

„Was hat das mit meinem Auto und meinen Papieren zu tun? Und Anna? War sie in diese Aktionen verwickelt?"

„Was weiß ich? Kann sein. Sie sprach nie mit mir über ihre Ausflüge."

„Eben sagtest du noch Aktionen. Jetzt sind es plötzlich Ausflüge."

183

„Aktionen. Ausflüge. Was weiß ich? Vielleicht war sie darin verwickelt. Sie war oft tagelang weg. Verschwand ohne jede Ankündigung. Und wenn sie wiederkam, war ihr Gesicht so verschlossen, dass ich gar nicht erst nachfragte, wo sie gewesen war. Erst nach dem großen Anschlag habe ich sie darauf angesprochen. Und sie sagte nur, es sei besser, wenn ich nichts davon wisse. Und maß mich mit einem Blick, der keine weiteren Fragen zuließ."

„Großer Anschlag? Welcher große Anschlag?"

„Hast du auch davon nichts gehört? Man sprach über nichts anderes mehr. Damals"

„Das war wohl die Zeit, die ich mit einer Fliege verbrachte."

„Eine Fliege? Du redest ja schon wieder irre."

Sie geht einmal um mich herum. Lehnt sich an die Motorhaube.

Am Horizont kündigt sich ein neuer Tag an.

„Ja, wahrscheinlich hast du recht. Was war nun mit diesem großen Anschlag? Und was hat er mit deiner Mutter zu tun?"

„Das ist es ja eben. Alle sprachen davon. Aber niemand wusste was geschehen war. Vielleicht war gar nichts geschehen. Dachte ich. Aber plötzlich verschwanden Menschen um uns herum. Der Bäcker in unserer Straße. Die Frau vom Obstladen um die Ecke. Der Briefträger. Auch manche Lehrer wurden kommentarlos durch andere ersetzt. Einige von uns fingen darüber zu tuscheln an. Auch sie kamen am nächsten Tag nicht wieder. Als dann auch meine Freundin plötzlich nicht mehr zum Schulunterricht erschien, fragte ich wieder meine Mutter. Sie zuckte die Schultern. Ich solle meine Fragen für mich behalten. Sagte sie. Ich sagte: „Katja ist doch meine Freundin." Und sie legte ihren Zeigefinger auf ihre Lippen. Ich fragte: „Wohin verschwinden denn alle?" Und sie sagte: „Das geht uns nichts an, Anna." Angeblich würden sie unter falschem Namen weggesperrt, fügte sie leise hinzu. Und als ich fragte, wozu das denn gut sein solle, legte sie wieder ihren

Zeigefinger auf die Lippen. Ich sah Angst in ihren Augen. Bald waren fast nur noch Uniformierte auf den Straßen. Hinter vorgehaltener Hand wurde allerlei gemutmaßt. Ich glaube, dass jeder Angst hatte, der Nächste zu sein, der verschwindet."

Der Horizont verdunkelt sich wieder. Der Tag scheint es sich anders überlegt zu haben. Verkriecht sich wieder in die Nacht zurück.

„Und Anna? Verschwand auch sie?"

Sie schaut immer noch auf die Ebene hinaus. Als suchte sie nach etwas, das sich jenseits der uns einhüllenden Stille versteckt hält.

„Meine Mutter? Nein. Sie war aber auch nicht wirklich da. Nachts, wenn sie mich schlafend wähnte, kamen Leute zu uns. Ich habe nicht verstanden, was sie wild durcheinander flüsterten. Nur einmal hörte ich, wie meine Mutter mit fester Stimme sagte: „Wir dürfen uns nicht einschüchtern lassen." Worauf ich wieder nur zischende Laute vernahm. Beim Weggehen hörte ich noch, wie eine Männerstimme sagte: „Dafür brauchen wir…" Und meine Mutter ihn unterbrach. „Ich kümmere mich darum." Bald darauf sprachen plötzlich alle über diesen großen Anschlag. Alle, außer meiner Mutter. Sie fing an, gereimte Sätze vor sich hin zu murmeln. Erst nach einer Weile begriff ich, dass sie Gedichte aufsagte. Gedichte, die ich nicht kannte. Die vielleicht gar nicht existierten. Oder die sie selbst erdacht hatte."

Was sie sagt, sagt sie nicht mir. Denke ich. Es ist als ob ihre Worte die Bilder aus ihr herauslösen, die tief in ihr eingesunken, nun wieder zum Leben erwachen.

Ein bleierner Glanz breitet sich um uns aus. Ich schaue nach oben. Die dünne Sichel des Mondes klemmt zwischen zwei orangefarbenen Wolkenballen, die ihn zu zerquetschen drohen.

"Inzwischen verschwanden keine Menschen mehr," sagte Anna in die Ebene hinaus, „aber die Veränderung meiner Mutter machte mir nun noch mehr Angst. Sie sprach mit niemandem mehr. Auch nicht mit mir. Mit tonloser Stimme sagte sie fortwährend Gedichte auf. Als seien sie ein Geländer, an dem sie sich vorwärts hangelte. Ich wusste, dass sie Gedichte liebte. Aber dass sie nun nur noch in Versen sprach, beunruhigte mich. Ein Gedicht schien ihr besonders zu gefallen. Sie wiederholte es immer wieder. Vom Singen der Dinge. Ein sehr schönes Gedicht.“

„Ja. Es ist von Rilke.“

„Du kennst es?“ ruft sie verwundert, als drängte sich etwas in sie hinein, das dort nicht hingehört.

„Ich fürchte mich so vor der Menschen Wort.
Sie sprechen alles so deutlich aus:
Und dieses heißt Hund und jenes heißt Haus,
und hier ist Beginn und das Ende ist dort.

Mich bangt auch ihr Sinn, ihr Spiel mit dem Spott,
sie wissen alles, was wird und war;
kein Berg ist ihnen mehr wunderbar;
ihr Garten und Gut grenzt grade an Gott.

Ich will immer warnen und wehren: Bleibt fern.
Die Dinge singen hör ich so gern.
Ihr rührt sie an: sie sind starr und stumm.
Ihr bringt mir alle die Dinge um.“

„Du kannst es auswendig?“ sagt sie abwesend.

Sie hebt ihren Kopf, als schaue sie zum Himmel empor, um die Mondsichel zu betrachten. Aber ich weiß, dass ihre Augen nach innen schauen.

Dicke Tropfen perlen glitzernd auf der Motorhaube. Am östlichen Rand der Ebene erscheint nun der Lichtstreifen wieder. Schiebt goldroten Glanz in die Ebene hinein.

Der Tag kommt doch.

„Irgendwann hörte sie ganz auf zu sprechen.“

Annas Worte fallen wie schwere Steine in den neuen Tag hinein. Und türmen sich zwischen uns auf.

„Ihr Schweigen drängte mich nun vollkommen von ihr ab. Als wollte sie mir jegliche weitere Teilnahme an ihrem Leben verwehren. Wir lebten nebeneinander her. In der gleichen Wohnung. Wir aßen zusammen am gleichen Tisch. Aber wir waren durch unsichtbare Wände voneinander getrennt. Ich glaube nicht, dass sie das Haus noch verließ. Wann immer ich heimkam, war sie da. Und doch nicht da."

Der Lichtstreifen am Horizont wächst weiter in die Ebene hinein. Ich spüre, wie die feuchte Kälte des dämmernden Morgens unter meinen Parka kriecht, in mich eindringt und sich überall in mir ausbreitet. Und erst jetzt sehe ich, dass Anna am ganzen Körper bebt. Es bedürfte nur eines Schrittes, uns ins Innere des Wagens zu verkriechen, um uns vor der beißenden Kälte zu schützen. Doch ich weiß, wir werden diesen Schritt nicht tun. Sie nicht. Und auch ich nicht. Während Anna ihre Geschichte erzählt, beginne ich an meiner zu zweifeln.

„Ich fragte mich, was geschehen war, dass sie sich von allen und allem abschottete. Doch ich erhielt keine Antwort. Natürlich merkte ich, dass sich einiges um uns herum veränderte. Es wurde nicht mehr getuschelt. Und es gab keine Uniformierten mehr auf den Straßen und Plätzen. Ich sah, dass sich die Menschen plötzlich anschauten und nicht mit eingezogenen Köpfen aneinander vorbeihasteten. Ich hörte, wie alle vom Erfolg des großen Anschlags sprachen. Ich aber wollte die Nähe meiner Mutter zurückgewinnen. Die Erfolge, die sie auf den Straßen feierten, interessierten mich nicht.

Nach einer Ewigkeit schweigenden Zusammenseins, ich weiß nicht mehr, ob es Monate oder Jahre waren, kam sie eines Morgens auf mich zu, maß mich mit einem Blick, der etwas in oder an mir suchte. Wandte sich dann kopfschüttelnd von mir ab. ‚Es ist nichts von ihm an dir,' sagte sie, als finge sie wieder an, eines ihrer noch nicht in Form gebrachten Gedichte aufzusagen. Ich fragte, ‚von wem sprichst du, Mutter? Von wem sollte was an mir sein?‘ Sie sah durch mich hindurch, und, als führe sie unser kurzes Gespräch nun mit einer imaginären Person fort, fügte sie hinzu: 'so habe ich das nicht gewollt.". Ich hatte keinen Zugang mehr zu ihr. Auch sonst niemand. Ich glaube, nicht einmal sie selbst."

Annas Überheblichkeit ist in sich zusammengefallen. Und, als kehre sie nach einer langen Reise zu sich zurück, sagte sie verwundert:

„Warum erzähle ich dir das alles?"

„Weil ich dir zuhöre."

„Ist das nicht gewöhnlich so, dass einer zuhört, während der andere redet?"

„Ich weiß nicht. Ich habe eher den Eindruck gewonnen, dass den meisten, kaum haben sie ein paar Sätze gehört, ihre eigenen Gedanken dazwischenkommen. Denen sie nachlauschen. Während sie weiter vorgeben, zuzuhören. Das Gehörte vermischt sich mit dem selbst Gedachten, und sie hören nicht mehr das, was du ihnen sagst, weil sie schon ungeduldig darauf warten, endlich selber wieder reden zu können. Und dann gibt es auch jene, die das, was man ihnen sagt, so vollkommen ausblenden, dass einem das Gesagte vor die eigenen Füße fällt."

„Und du bist die Ausnahme. Der große Zuhörer."

Sie fällt wieder in ihren herablassenden Tonfall zurück. Und noch bevor ich antworten kann, winkt sie ab und sagt:

„Dann hast du ja jetzt alles gehört."

„Alles, Anna? Und was ist mit meinem Auto? In dem du an derselben Stelle vorbeikommst, wo es mir damals gestohlen wurde? Zufall?"

Die aufgehende Sonne wärmt meinen Rücken. Und blendet mich aus ihren Augen heraus. Lichtspritzer verfangen sich in ihren bunten Haaren. Als ich einen Schritt beiseite gehe, treffen die Sonnenstrahlen auf ihr Gesicht. Sie schließt die Augen. Hebt dann vorsichtig wieder ihre Lider.

In dem Blick, den sie jetzt auf mich heftet, sehe ich den Penner wieder. Und ihre gesamte auf ihn gerichtete Verachtung. Das Knacken des sich abkühlenden Motors hallt in die Ebene hinaus.

„Natürlich. Was sonst?" stößt sie zwischen ihren Zähnen hervor, „nichts-als-ein-dummer-Zufall."

„Auf dieser Ebene hier verschwand mein Auto. Dann Anna. Und nach Jahren, und wie ich vorhin im Seitenspiegel feststellen konnte, müssen es viele gewesen sein, taucht Annas Tochter mit meinem Auto an derselben Stelle wieder auf, wo Anna und mein Auto damals verschwanden. Das soll Zufall sein, Anna?"

„Mann! Ich habe dich nie zuvor gesehen. Wusste nicht einmal, dass es dich überhaupt gibt. Was könnte es anderes sein als ein Zufall, dass ich hier vorbeikomme und mich dazu herablasse, den folgenschweren Fehler zu begehen, einen Penner mitzunehmen? Im Übrigen ist es mir egal, was du denkst und vermutest. Und es gefällt mir nicht, wie du ‚Anna' zu mir sagst. Als ob du nicht mich, sondern sie meintest, die mir ihren Namen weitergegeben hat. Ich bin es aber nicht. Meinst du aber die, die du aus mir zu machen versuchst, bin ich es erst recht nicht. Also lass meinen Namen einfach weg, dann gibt es keine Missverständnisse! Und hör auf, mir deine Geschichte zu erzählen! Sie interessiert mich nicht."

Sie, die mir eben noch die Schrecken ihrer Vergangenheit schilderte, ist plötzlich verschwunden. Anna ist nun wieder die, mit der ich durch die nächtliche Ebene fuhr.

Nebelschwaden schieben sich vor den Sonnenball. Flirrendes Licht zittert über der Ebene.

„Dein Rilke hat sich geirrt. Die Dinge, sie singen nicht. Sie schweigen. Oder sie schreien. Meistens schweigen sie," sagt sie leise, als wolle sie verhindern, dass die Dinge gleich zu schreien anfangen.

Sie schaut über mich hinweg in die Ebene hinaus. Als suchte sie nach einer Möglichkeit, den zwei Welten zu entkommen, die sie auseinanderzureißen drohen. Dann schüttelt sie so heftig ihren Kopf, dass ich fürchte, sie würde ihn von ihrem Hals schleudern.

„Sie hat deinen Namen nie erwähnt. Mag sein, dass es dich für sie gibt. Oder gegeben hat. Für mich gibt es dich nicht.“

Sie wendet sich von mir ab. Und läuft in die Ebene hinaus. Ich schaue eine Weile hinter ihr her. Denke mich neben sie. Sehe zwei sich abstoßende, und doch zusammengehörende Überbleibsel auf einem entvölkerten Planeten.

Dann hieve ich mich auf den Fahrersitz. Lasse den Motor wieder an. Zerre ihren Handsack unter dem Beifahrersitz vor. Werfe ihn durch die offene Tür. Und fahre mit einem Ruck los. Die Beifahrertür klappt zu. Im Rückspiegel sehe ich, wie sich Anna bückt. Sich den Riemen ihres Handsacks über die linke Schulter hängt. Und hinter mir herschaut. Eine frühmorgendliche Böe zerrt ihre Haare in alle Richtungen.

Das schwarze Asphaltband verliert sich im diesigen Licht des Morgens.

Während ich immer weiter in die Ebene hinausfahre, türmen sich neuerlich blauschwarze Wolkenwände um mich herum auf. Schließen mich von allen Seiten ein. Und, als bewegte ich mich an ihren Rändern im Kreis herum, sehe ich plötzlich Anna wieder auftauchen. Doch kurz bevor ich sie erreiche, fängt der Motor zu stottern an. Der Motor schüttelt sich noch einmal. Und steht dann still. Mein Blick fällt auf die Anzeige: Der Tank ist leer.

Ich steige aus. Regentropfen peitschen mein Gesicht. Fragen türmen sich vor mir auf. Schreien mich an. Kreisen mich ein.

Warum erschreckt mich die Vorstellung so sehr, eine Tochter zu haben? Oder erschrecken mich die vielen Jahre, die ich nichts davon gewusst habe? All diese Jahre, die ich nicht mehr zurückleben kann. Nein. Ich will nicht der Vater einer Tochter sein, deren Mutter eine Terroristin ist. Die mich in ein Verlies unter der Erde gebracht hat. Denke ich. Als könnte ich mir aussuchen, was wirklich ist und was nicht. Nein! Teresa irrt sich. Anna ist nicht meine Tochter. Ich erkenne nichts von mir an ihr.

Dann laufe ich los, bevor mich all diese Fragen, die über mein Denken hinausgehen, gänzlich umzingelt haben.

„Es gibt keine Fragen, die über unser Denken hinausgehen,“ sagt Teresa, „würden sie das, könnten wir sie nicht stellen. Fragen entspringen unserem Denken. Also müssen auch die Antworten darauf in unserem Denken zu finden sein. Wenn es scheint, als gäbe es keine, haben wir sie nur noch nicht gefunden.“

Ich laufe weiter. Die herabstürzenden Wassermassen schwemmen meine Fragen wieder in mein Denken zurück. Wo sie vergebens weiter nach Antworten suchen. Schwere Tropfen hämmern auf die Kapuze meines Parkas. Ich stapfe über den schlammigen Boden. Kurz bevor ich bei Anna ankomme, bleibe ich im Morast stecken.

Der östliche Horizont flimmert durch den Dunst. Färbt Annas Schattenbild rosa. Und ich versuche immer noch, meine Füße aus dem Schlamm zu ziehen. Ein Strumpf ist im Schuh hängengeblieben. Als sich mein linker Fuß aus dem Schuh löst, verliere ich das Gleichgewicht und stolpere auf Anna zu. Sie versucht auszuweichen. Doch nun schlüpft auch mein rechter Fuß aus meinem Schuh. Ich falle gegen ihre immer noch abwehrenden Hände. Und torkele wieder zurück.

„Und dieser Wagen hier. Wie bist du zu ihm gekommen.“

„Mann! Ist das, nach allem, was ich erzählt habe, immer noch die wichtigste Frage für dich? Dieser verdammte Wagen?“

„Ich habe das Gefühl, er ist der Schlüssel zu dem, was vorgefallen ist.“

Während ich vor ihr hin und her schaukele, um nicht in den Morast zu kippen, taste ich mit meinen nackten Zehen nach meinen feststeckenden Schuhen.

Ich schwanke ein paarmal vor und zurück, bis ich unmittelbar vor Anna mein Gleichgewicht wiederfinde. Es hat wieder aufgehört zu regnen.

Du glaubst, sie hat dich da mithineingezogen?" sagt sie lauernd.

Ihre Stimme ist jetzt so nah, als käme sie aus mir selbst heraus.

„Hat sie das denn nicht? Ich bin einer von denen, die verschwunden sind."

„Es muss etwas geschehen sein, das sie nicht einkalkuliert hat," murmelt sie, als denke sie jetzt zum ersten Mal darüber nach. „ja, es ging immer um irgendwelche Autos. Große Autos. Mit viel Kraft unter der Haube. Ich wusste, dass sie diese Autos liebte. Kurz nach dem sogenannten großen Anschlag kam sie mit so einem Wagen, diesem Wagen hier, nach Hause. ‚Den haben sie mir überlassen,‘ sagte sie, ‚nimm du ihn!‘ Zu jener Zeit war es drüben immer noch schier unmöglich, an solche Autos heranzukommen. Und sie wusste, dass ich ihre Leidenschaft für große Autos teilte. Aber einen wie diesen hatte sie sich immer gewünscht. Ich sah sie fragend an. Sie sagte nur, ‚wenn du ihn nicht willst, verkauf ihn, oder verschenk ihn meinetwegen. Ich will ihn nicht.‘ Und erst da wurde mir klar, sie hat diese dicken Schlitten für ihre Aktionen gebraucht. Und irgendetwas war schiefgelaufen. Sie musterte mich wieder mit diesem Blick, der etwas an mir suchte, das sie nicht zu entdecken schien. Sagte ‚ich habe mich da auf etwas eingelassen, das ich so nicht wollte, Anna. Die haben mich benützt. Und ich habe es nicht gemerkt. Oder nicht merken wollen.‘

Mehr bekam ich nicht aus ihr heraus. Ich war noch sehr jung und dachte, okay, was geschehen ist, ist geschehen. Wenn sie nicht drüber reden will, ist das eben so. Ich drang nicht weiter in sie. Ging ein paarmal um den Wagen herum.

Setzte mich vors Steuer. Ließ den Motor an. Lauschte dem satten Blubbern des Sechszylinders. Stieg wieder aus. Und tastete mich an der Karosserie entlang. Der Wagen gefiel mir außerordentlich gut. Warum sollte ich dieses Traumauto weggeben? Wem würde es jetzt noch schaden, wenn ich ihn behielte.? Und ich ließ den Motor erstmal so richtig aufmotzen.""

„Und deine Mutter?"

Der Morast scheint meine Schuhe aufgesogen zu haben. Ich taste weiter mit meinen nackten Füßen im eiskalten Schlamm herum. Aber ich kann sie weder mit dem einen noch mit dem anderen Fuß aufspüren.

„Vergiss sie!" sagt Anna.

Ich stochere weiter nach meinen Schuhen.

„Ist sie…?"

„Nein. Aber sie lebt auch nicht. Jedenfalls nicht in dieser Welt."

Inzwischen haben die Sonnenstrahlen die gesamte Ebene überflutet. Ich versuche mir vorzustellen, wie Anna von einer anderen vielleicht Lichtjahre entfernten Welt auf uns herunter oder hinaufschaut.

Und plötzlich füllt ein lautes Heulen die Stille. Erschrocken starre ich zum flammenden Himmel empor. Doch das Heulen kommt nicht aus dem Weltraum. Mit durchdrehenden Reifen schlingert mein Wagen aus dem Schlamm. Rast, als er festen Boden erreicht, mit großer Geschwindigkeit in die Ebene hinaus, dem purpurnen Horizont entgegen.

Ich schaue um mich.

Dort wo ich aus dem Auto gestiegen bin, steht ein rechteckiger Gegenstand. Mit Schlammspritzern bedeckt. Beim Näherkommen erkenne ich einen Blechkanister mit Einfüllstutzen. Während ich in den Weltraum hinein gegrübelt habe, hat Anna wohl nachgetankt. Darauf konnte ich nicht gefasst sein. Ich hatte auf meinen Fahrten nie einen Reservekanister dabei.

Ich höre noch eine Weile den Motor brummen. Dann setzt das Konzert der Vögel ein. Knapp über dem Horizont sehe ich noch einzelne Sterne des Großen Wagens auf die Ebene herunterblinzeln. Die Leere in meinem Magen spüre ich nicht mehr. Mein Bauch scheint von mir abgesackt zu sein.

Epilog

Ich schiele auf den vor mir thronenden Aufziehwecker. Beobachte die drei Zeiger auf dem Zifferblatt. Der kurze und der lange scheinen sich nicht zu bewegen. Nur der dünne zuckelt, die anderen immer wieder überrundend, über das Zifferblatt. Ich lausche in das metallische Ticken der verrinnenden Sekunden. Alle drei Zeiger schieben unentwegt Bilder auf mich zu. Und von mir weg, ehe ich sie zu erkennen vermag. Bis ein lautes Scheppern das Karussell der hinter meinen Lidern vorbeischwimmenden formlosen Bilder anhält.

In meinem Bauch lodert ein Lagerfeuer. Ich springe hoch. Reiße die Kühlschranktür auf. Greife hinein. Nehme, was ich zu fassen bekomme. Stopfe es gierig in mich hinein. Doch das Feuer in mir brennt weiter. Ich weiß nicht, was ich alles in mich hineinschlinge. Irgendwann muss ich kotzen.

„Du bist wieder da," sagt Teresa, als ich aus dem Bad zurückkomme.

„Ja? Bin ich es?"

Ich stemme mich hoch. Schaue aus dem Fenster. Die Dächer sind noch im Dunkeln. In meinem Körper spüre ich jetzt nichts mehr. Als wäre er mir abhandengekommen.

„Du verfolgst mich in meine Träume."

„Verfolgen?" fragt Teresa, „ich begleite dich in sie hinein. Und wieder aus ihnen heraus."

„Ah ja? Und? Träume ich jetzt? Bist du noch mit mir in meinem Traum? Oder befinden wir uns beide, oder einer von uns in der Wirklichkeit?"

„Du weißt, wie du das herausfinden kannst."

Sie stellt sich neben mich vors offene Fenster. Gemeinsam warten wir dem dämmernden Morgen entgegen. Nach einer Weile höre ich Teresa schnuppern.

„Mann, du riechst aber gewaltig."

„Riechen?"

„Vorsichtig ausgedrückt."

„Ich verstehe. Was hast du erwartet?"

Sie hebt die Schultern.

„Was soll ich schon erwartet haben?"

„Eben," sage ich.

Es klingelt wieder. Ich drücke auf den Wecker. Aber es klingelt weiter.

„Aber du erwartest wohl jemand?" fragt Teresa.

„Ich? Wen soll ich denn erwarten?"

Jetzt verstehe ich. Es ist nicht der Wecker, der klingelt. Ich schlurfe auf die Eingangstür zu.

Eine Frau und ein Mann, beide in Uniform, stehen, eng aneinander gelehnt, vor mir. Sie ähneln einander wie ein Ehepaar, das schon lange zusammenlebt. Oder wie zwei Kollegen, die sich zueinander gearbeitet haben.

„Herr Philipp Simon?"

Erschrocken drücke ich die Tür wieder zu.

„Wer ist denn an der Tür?" ruft Teresa.

„Eine Frau und ein Mann. In Uniform."

„In Uniform? Du meinst, zwei Polizisten stehen vor der Tür?"

„Polizei? Wieso Polizei?"

„Sag du's mir!"

Vorsichtiges Pochen.

„Entschuldigen Sie, aber ist Herr Simon zu Hause?" sagt die Frauenstimme, „wir würden gerne mit ihm sprechen."

Ich ziehe zögernd die Tür wieder auf.

„Dürfen wir hereinkommen?" Die Frau sieht mich besorgt an. „Was ist mit Ihnen? Haben Sie noch nie zwei Polizeibeamte gesehen?"

Ihr Kollege nickt mir ermunternd zu.

„Sind Sie Herr Simon?"

Ich klammere mich am Türrahmen fest. Wehre mich gegen den Sog, der mich wieder tief unter die Erdoberfläche zurück zu zerren droht.

„Was ist los mit Ihnen? Sollen wir einen Arzt rufen?" sagt die Beamtin. Ihre Stimme klingt aufrichtig besorgt.

„Nein, nein. Das heißt ja. Aber ein Arzt ist nicht vonnöten. Ich habe schlecht geträumt."

„Oh, das tut uns aber leid."

Der Mann nickt wieder.

„Dann haben wir Sie jetzt geweckt. Sollen wir ein andermal wiederkommen? So wie Sie zittern, muss es ein schrecklicher Traum gewesen sein," sagt die Polizistin.

„Nun ja. Ich weiß nicht."

„Was wissen Sie nicht?"

„Es war ein langer Traum. Und ich bin mir nicht sicher, ob es überhaupt ein Traum war, und nicht Wirklichkeit?"

Die Beamten mustern mich argwöhnisch.

„Ich will Ihnen nicht zu nahetreten, Herr Simon, aber ich habe mal gehört, dass man immer nur ganz kurz träumt," sagt der Beamte und hält seine Hände entschuldigend vor sich.

„Trotzdem kann Herr Simon doch das Gefühl eines schrecklichen Traums gehabt haben," tadelt die Beamtin ihren Kollegen.

„Vielleicht können wir das gemeinsam herausfinden," schlage ich vor, „würden Sie mich mal zwicken?"

„Wie bitte?" ruft die Frau laut aus

„Zwicken. Oder kneifen, wenn sie so wollen. Mit Ihren Fingern. Hier. In meinen Unterarm. Oder auch woandershin, wenn Sie möchten."

Der Mann grinst verlegen. Auf der Stirn der Beamtin erscheinen tiefe Runzeln.

„Ja, warum nicht?" lacht der männliche Beamte und hebt seine Schultern, „wenn Sie es wünschen." Er zögert. „Willst du das nicht lieber machen, Senta?"

„Na gut," sagt die Beamtin, zieht sich einen Augenblick lang in sich zusammen, macht dann einen hüpfenden Schritt auf mich zu. Beugt sich vor. Kneift mich sanft in den linken Unterarm. Gibt einen gicksenden Laut von sich. Und hüpft sofort wieder einen Schritt zurück.

„Sie wollten das so, Herr Simon. Mein Kollege ist Zeuge," sagt sie kichernd. Und trippelt vor sich hin.

„Also doch," sage ich kopfschüttelnd, „danke."

„Ich glaube, wir kommen doch lieber ein anderes Mal," sagt die Frau sanft. Und zupft ihren Kollegen an der Schulter.

„Nein, nein. Kommen Sie ruhig rein!" sage ich.

„Ich glaube, das wird gar nicht nötig sein," sagt die Frau. Sie sieht mich beunruhigt an. „Nicht wahr, Josef?"

„Eben wollten Sie doch noch reinkommen."

„Nun ja, wir wollten es Ihnen eigentlich nicht in der offenen Tür mitteilen," sagte die Beamtin, „wir haben Ihr Auto gefunden. Nicht doch! Schauen Sie nicht so entsetzt. Es ist alles in Ordnung. Mehr oder weniger. Es kostet Sie natürlich eine Kleinigkeit. Aber keine Sorge! Es ist nichts passiert."

„Jemand hat angerufen," bestätigt ihr Kollege, „ein Wagen stehe mit offener Fahrertür in einer nahegelegenen Seitenstraße. Der Vergleich mit den Nummernschildern und Ihren im Handschuhfach liegenden Papieren haben uns zu Ihnen geführt. Sie sind doch Herr Philipp Simon?"

„Mehr oder weniger," sage ich.

„Wie darf ich das verstehen?" fragt die Beamtin.

„Herr Simon beliebt zu scherzen," lacht ihr Kollege, und blinzelt mir kumpelhaft zu, „soll Sie Senta vielleicht nochmal zwicken?"

Er zieht ein Mäppchen aus der Brusttasche seiner Uniformjacke. Klappt es auf. Wirft einen Blick hinein. Und hält es mir entgegen.

„Sie sollten Ihre Ausweispapiere nicht im Auto lassen. Vor allem nicht bei offengelassener Tür." Er wedelt beschwichtigend mit seinen Händen. „Ich weiß ja nicht, warum Sie es so eilig hatten, dass Sie sich ins Parkverbot gestellt und nicht einmal die Tür hinter sich zugezogen haben. Vielleicht haben Sie ja ein Schlückchen über den Durst getrunken, und wollten sich vor einer Kontrolle…"

„Lass gut sein, Kollege," winkt die Frau ab und zuckt mit ihrem Kinn in Richtung Treppenhaus, „das wissen wir nicht. Es gibt auch noch andere Gründe, warum jemand vergisst, die Tür seines Autos zu schließen."

An mich gewandt fährt sie fort:

„Sie kommen am besten heute noch zu unserer Polizeidienststelle. Dort können Sie, nach Bezahlung des Strafzettels und der angefallenen Abschleppkosten, Ihren Wagen abholen."

„Und vielleicht trinken Sie das nächste Mal ein Gläschen weniger," fügt der Kollege zwinkernd hinzu, „dann finden Sie auch schneller wieder in die Wirklichkeit zurück. Auch ohne gezwickt werden zu müssen."

„Josef!" sagt die Frau, "es reicht! Wir wünschen Ihnen noch einen schönen Tag, Herr Simon!"

Bereits auf der ersten Stufe angekommen, kehrt sie noch einmal zurück.

„Beinahe hätte ich es vergessen. Dieser Zettel lag auf dem Beifahrersitz. Er ist wohl für Sie bestimmt. Nochmals guten Tag!"

„Ich frag lieber nicht, wo du diesmal warst," sagt Teresa, als ich die Wohnungstür hinter mir schließe, "ist das der Bußgeldbescheid?"

„Welcher Bußgeldbescheid denn?"

Sie deutet auf den Zettel in meiner Hand.

„Keine Ahnung. Den haben mir die Uniformierten in die Hand gedrückt."

„Uniformierte," wiederholt Teresa belustigt, „ist das das postmoderne Wort für Bullen?"

Ich falte den Zettel ungelesen zusammen und stecke ihn in meine Hosentasche.

„Du hast deine Karre wiedermal irgendwo stehenlassen. Nachdem alles vorüber war."

Am Horizont tüpfeln erste Sonnenstrahlen in den noch schwarzblauen Himmel. Aus den Bäumen und Sträuchern dringt das Zwitschern der Spatzen zu mir hoch. Gleich werden sich auch die Amseln mit in den Tag hineinzudrängen versuchen. Und über meine verbliebenen Traumfitzelchen hinwegsingen.

„Du hast mehrmals Anna gerufen," sagt Teresa.

„Im Traum. Vermutlich."

„Und im Traum nennst du mich Anna?"

Das dunkle Blau des Himmels geht in Azurblau über. Immer mehr Gelbtöne mischen sich hinein. Der Sonnenball buckelt sich rötlichgelb über die Dächer. Die ersten Autos und Motorräder und Morgenbusse dröhnen durch die Straßenschluchten. Ein Radfahrer fährt auf die noch gelbblinkende Ampel zu. Fußgänger eilen mit vorgeschobenen Schultern über den Zebrastreifen. Die Ampel schaltet auf Rot. Der Radfahrer bleibt stehen und steigt ab.

Die Sonne steigt schnell höher. Solange sie nicht von Wolken verdeckt ist, wird sie ihren alltäglichen Halbkreis sichtbar vollenden und am gegenüberliegenden Horizont wieder verglühen.

„Hinter dem, was ist und was nur scheint, dass es ist, ineinanderfließen," sagt Teresa, als habe sie bereits hinter den Horizont geschaut.

„Und sich so lange in unseren Träumen sammelt," sage ich, „bis irgendwann, nach einem letzten Erwachen, nur noch so viel von uns da sein wird, dass es bis ans Ende des nächsten ausklingenden Tages reicht. Schon bei Einbruch der Dämmerung wird nichts mehr von uns übrig sein."

„Bis wir in zehn, hundert, vielleicht auch erst hunderttausend Jahren wieder aus der Ursuppe erwachen," sagt Teresa, „uns über den Tellerrand beugen. Staunend oder entsetzt auf all das herunterschauen, was sich nach Millionen von Umdrehungen unseres Planeten auf ihm angesammelt hat."

„Oder verloren gegangen ist. Vielleicht hat sich die Erde bis dahin von uns Menschen und ihrem Zubehör befreit," sage ich.

„Oder die Menschen haben den ganzen Krempel, den sie auf ihr abgesetzt und installiert haben, wieder abgeräumt. Und sich selber gleich mit entsorgt."

„Vielleicht hat auch ein Komet oder irgendein anderer Himmelskörper inzwischen unsere Erde zerfetzt. Und ihre Einzelteile irren so lange im Weltraum herum, bis sie sich wieder zu einem Stern zusammengefunden haben. Der eine andere Spezies beherbergt, die besser mit sich und ihrem Heimatstern zurechtkommt. Und die uns nun keinen Platz mehr einräumt auf ihrem neuen Planeten, der, bevor er auseinanderbrach, unsere Spezies beheimatete. Und jetzt hör endlich auf, mir auf den Mund zu starren. Ich kenne das schon. Wenn du so tust, als hörtest du zu, schaust du mir tief in die Augen. Wenn du mein Gequatsche nicht mehr hören willst, fixierst du meinen Mund. Und du denkst, ich merke das nicht? Geh und hol dein Auto! Was ist? Ach ja, du hast wiedermal keine Kohle. Hier, das reicht auch noch für eine weitere Tankfüllung! Damit du es beim nächsten Mal vielleicht zu einem erlaubten Parkplatz schaffst."

Ich laufe die Treppen hinunter. Im Hausflur entfalte ich den Zettel, den mir die Polizistin in die Hand gedrückt hat. Und renne die Treppen wieder hoch. Noch bevor ich auf die Klingel drücken kann, geht die Tür auf.

„Ich hab…"

„…den Schlüssel vergessen," ergänzt Teresa, hält mir meinen Schlüsselbund entgegen und zuckt mit den Schultern, „wie immer halt."

„Ja, das auch."

„Was denn noch? Du siehst ja ganz verdattert aus."

„Zwick mich! Du musst mich sofort zwicken!"

„Nein, nein," lacht Teresa, „so funktioniert das nicht, Philipp! Du musst dich selber zwicken!"

Sie schiebt mich durch die noch offene Tür ins Treppenhaus hinaus.

„Geht jetzt! Hol dein Auto! Du wirst es heute Abend wieder brauchen."

An der Haustür befühle ich noch einmal das Blatt Papier in meiner Hosentasche, das mir die Beamtin in die Hand gedrückt hat.

„So lange du meinst, das, was du wahrnimmst, ist das, was es ist, siehst du nur dich in den anderen," orakelt Teresa mir durchs Treppenhaus hinterher.

An der Haustür angekommen, atme ich ein paarmal tief ein und aus. Ziehe den Zettel, aus meiner Hosentasche und lese noch einmal die in kritzeliger Schrift geschriebenen Worte:

„Meine Mutter wollte ihn nicht behalten. Ich will ihn jetzt auch nicht mehr. Anna."

Am unteren Ende des Zettels sehe ich noch einen kleinen Pfeil. Ich drehe das Blatt um. Die Rückseite ist leer.

„Unser Leben ist wie ein Traum.
In den besseren Stunden aber wachen wir soweit auf,
dass wir erkennen, dass wir träumen.
Meistens sind wir aber im Tiefschlaf.
Ich kann mich nicht selber aufwecken.
Ich bemühe mich, mein Traumleib macht Bewegun-
gen, aber mein wirklicher rührt sich nicht."

aus: „Wittgenstein über Träume"
(Masterarbeit von Emine Cakir, Universität Wien)

Dank

an Helmut Blumbach, der mir mit seinen Korrekturen so geduldig zur Seite stand,

und an Kim, die mich bei der Entstehung meines Romans ertrug.

R. Daniel Roth,

Geboren in Niederbayern.

Internatsschüler am Naturwissenschaftlichen Gymnasium in Deggendorf.

Begabtenabitur am Bayrischen Kultusministerium.

Studierte in München Philosophie, Psychologie, Germanistik, Russisch, Spanisch, Chinesisch und Zeitungswissenschaften.

Arbeitete als Teebeutelabfüller. Geschenkekistenzunagler. Christbaumverkäufer. Vereidigter Briefträger. Bierfahrer. Nachtwächter. Taxifahrer. Lagerarbeiter. Polsterreiniger. Interviewer. Bauarbeiter. Nachhilfelehrer. Koch. Barmann. Gründete und führte die Studentenkneipe ‚Randstein' und die ‚Osteria Baal' in München. ,

Führte zusammen mit seiner Frau 11 Jahre ein Gästehaus in einer ehemaligen Abtei in der toskanischen Maremma.

Lebt jetzt als freier Schriftstelle in Landshut.

www.daniel-roth.eu

Weitere Bücher von R. Daniel Roth:

„Der Überfall in der Türkenstraße" (Roman)
Ein hanebüchener Überfall. Die Befreiung von einer Obsession. Und eine Liebesgeschichte.

„Fliegende Mütter"
(Geschichtensammlung))

„Stille in unseren Köpfen"
(Gedichte)

„Der Gesang der Nachtigallen" (Roman)
An einem ungewöhnlich heißen Augustsonntag beschließen die Einwohner eines kleinen toskanischen Bergdorfs für immer zu schweigen.

„Heimat" (Roman)
Durch Blitzschlag und Brandstiftung verliert Heini Hofer seine Sprache, wird zum Dorfdepp und versucht, sich aus seiner festgelegten Rolle zu befreien.

„Eine elegante Lösung
(Begegnungen im italienischen Alltag)

„Warum man den Bäcker grüßen sollte"
(Geschichten aus dem Alltag)

Anmerkung:

Die zitierten Zeilen von R. M. Rilke habe ich aus „Rainer Maria Rilke Sämtliche Werke Insel Werkausgabe" entnommen.